KB201866

사랑과 연대를 찾아가는 여정

함께 가는 길

사랑과 연대를 찾아가는 여정

함께 가는 길

프롤로그

인생은 우리가 서로 연결되어 있다는 사실을 깨닫는 과정이다. 모든 사람은 각자 고유한 삶을 살아가지만, 그 안에서 사랑과 연대를 통해 더 큰 의미를 발견한다. 이 여정은 개인적인 행복을 넘어, 함께 걸어가는 길 위에서, 서로의 존재를 통해 삶의 가치를 새롭게 정의하는 과정이다. 이 책은 사랑과 연대를 통해 우리가 어떻게 서로를 이해하고, 함께 성장하며, 나아가 더 나은 세상을 만들어 갈 수 있는지를 탐구한다.

사랑은 단순히 감정에 그치지 않는다. 그것은 타인을 존중하고 이해하려는 깊은 노력에서 비롯된다. 사랑은 다른 사람의 고통과 기쁨을 자신의 것으로 받아들이며, 때로는 자신의 편안함을 희생하면서도 타인을 돕는 데서 더욱 빛난다. 이러한 사랑은 인간관계의 핵심이며, 우리가 공동체의 일원으로서 가져야 할 태도를 상징한다. 한 사람의 진심 어린 사랑은 주변 사람들에게도 긍정적인 영향을 미치며, 결국에는 사회 전체를 더 나은 방향으로 이끌어간다.

연대는 사랑의 확장된 형태다. 단순히 도움을 주는 것을 넘어, 타인의 어려움을 자신의 문제처럼 받아들이고, 함께 해결하려는 적극적인 참여를 요구한다. 신영복 선생의 "우산을 들어주는 것이 아니라 함께 비를 맞는 것"이라는 말처럼, 연대는 진정성을 바탕으로 한다. 이는 사회적 약자와 함께하며, 공감과 협력을 통해 더 나은 미래를 위한 길을 모색하는 과정이다. 연대는 개인의 노력만으로는 불가능한 일들을 가능하게 만드는 강력한 힘이 된다.

이 책은 사랑과 연대의 중요성을 다양한 주제를 통해 풀어낸다. 우리가 살아가는 현대사회는 개인주의와 경쟁이 만연하지만, 이 속에서도 사랑과 연대는 서로를 연결하고 상처를 치유하는 매개체가 될 수 있다. 책속의 이야기들은 사랑과 연대가 어떻게 우리의 삶을 풍요롭게 만들고, 어려운 상황 속에서도 희망을 찾게 하는지 보여준다.

사랑과 연대를 찾아가는 여정은 결코 쉬운 일이 아니다. 하지만 그 여정은 우리가 진정한 인간으로 살아가기 위해 반드시 걸어야 할 길이다. 이 책이 독자들에게 함께 가는 길의 중요성을 일깨우고, 삶 속에서 사랑과 연대를 실천할 용기를 전하길 바란다. 서로를 이해하고 돕는 노력은 우리의 삶을 더욱 풍요롭고 의미 있게 만드는 원동력이 될 것이다.

새해 첫 달이 가기 전에 책을 완성할 수 있어서 기쁘다. 연로하신 부모님, 사랑하는 아내와 세 아이들, 오늘의 내가 있게 은혜를 베풀어 준 모든 이들에게 고마움을 전하고 싶다. 글을 쓸 수 있어서 행복했다. 글을 계속 쓸 생각에 가슴이 설렌다.

2025년 1월

서승종

목차

5장. 함께 가는 길

1장 사랑이란 무엇인가

잊었노라

먼 훗날 당신이 찾으시면
그때에 내 말이 '잊었노라'

당신이 속으로 나무라면
'무척 그리다가 잊었노라'

그래도 당신이 나무라면
'믿기지 않아서 잊었노라'

오늘도 어제도 아니 잊고
먼 훗날 그때에 '잊었노라'

　김소월의 시 '먼 후일'은 사랑의 기억과 그것을 둘러싼 복잡한 감정을
담담하게 표현하며, 사랑의 의미를 다시금 되새기게 만든다. 이 시에서

화자는 사랑의 대상이 떠난 후에도 그를 잊지 못하는 자신의 상태를 되돌아보며, 시간이 흐른 뒤에도 여전히 그 사랑을 잊지 못할 것임을 고백한다. 이 작품은 단순한 이별의 슬픔을 넘어, 사랑이란 무엇인지에 대한 철학적 성찰을 불러일으킨다.

사랑은 흔히 인간의 가장 본질적인 감정 중 하나로 여겨진다. 그러나 사랑의 본질은 단순히 행복과 기쁨에만 국한되지 않는다. 김소월의 시는 사랑이란 아픔과 그리움을 동반하며, 때로는 상실과 고독 속에서도 살아남는 끈질긴 감정임을 보여준다. 사랑의 대상이 곁에 있지 않는 상황임에도, 화자는 여전히 그 사랑을 붙들고 있다. 이는 사랑이란 단순히 서로의 존재를 확인하고 의지하는 감정이 아니라, 시간과 공간을 초월하여 지속되는 내면의 깊은 연대임을 시사한다.

또한, 이 시는 사랑과 망각의 관계를 탐구한다. 화자는 먼 훗날 상대가 자신을 찾았을 때, '잊었노라'고 답할 것이라 말한다. 그러나 이는 단순한 망각이 아니라, 사랑의 고통을 견디기 위해 스스로에게 속삭인 위안의 말로 해석된다. 실지로 화자는 사랑을 잊지 않았다. 그 사랑은 여전히 화자의 내면에 깊이 자리 잡고 있으며, 시간이 지나도 희미해지지 않는 흔적으로 남아 있다. 사랑은 이렇듯 망각을 가장한 기억으로 존재하며, 우리를 끊임없이 과거로 되돌리고 현재의 자신을 살펴보게 만든다.

너무 아픈 사랑

김광석의 노래 '너무 아픈 사랑은 사랑이 아니었음을'은, 이별의 아픔과 사랑의 복잡한 본질을 보여준다. 우리에게 사랑과 상실에 대해 깊이 생각하게 한다. 가사는 단순히 이별 후의 슬픔을 표현하는 데 그치지 않고, 사랑이란 무엇인지에 대한 철학적 질문을 던진다. 특히 '어느 하루 비라도 추억처럼 흩날리는 거리에서'라는 구절은, 사랑의 기억이 일상에서 불현듯 떠오르는 순간을 섬세하게 묘사한다. 사랑이 단지 현재의 감정이 아닌 과거와 미래를 연결하는 강렬한 힘임을 암시한다.

이 노래는 사랑의 본질이 무엇인지를 탐구한다. 사랑은 기쁨과 설렘은 물론 아픔과 상실을 동반하며, 때로는 우리를 고통스럽게 한다. 노래 속 화자는 사랑의 아픔을 견디며 그 의미를 되새긴다. 이는 사랑이 단순히 두 사람 간의 관계에 국한되지 않고, 그 이상의 존재임을 보여준다. 사랑은 우리를 인간답게 만드는 가장 본질적인 경험 중 하나이며, 그 과정에서 우리는 성숙해지고 삶의 깊이를 더하게 된다. 사랑의 상실이 아프기에, 우리는 그 소중함을 깨닫고 더욱 진실한 사랑을 추구하게 된다.

또한, 이 노래는 망각과 기억의 경계에서 사랑을 조명한다. 화자는 '너무 아픈 사랑은 사랑이 아니었음을'이라 노래하며, 그 사랑을 부정하려는 듯 보인다. 그렇지만 이는 결국 사랑의 고통을 견디기 위한 자기 위안으로 이해된다. 그는 여전히 사랑을 기억하고, 그 기억은 고통 속에서도 삶의 일부로 남아 있다. 이는 사랑이 단지 사라지는 감정이 아니라, 우리 존재에 깊이 새겨진 흔적임을 보여준다. 우리가 사랑을 잊으려 하면 할수록, 그것은 더 강렬하게 우리를 붙잡는다. 사랑의 기억은 망각을 가장해 우리를 되돌아보게 하며, 현재의 자신을 재정립하게 만든다.

'너무 아픈 사랑은 사랑이 아니었음을'은 사랑의 복합적인 감정을 탐구하며, 그 진정한 의미를 되새기게 한다. 사랑은 기쁨과 아픔, 희망과 절망을 모두 포함하는 감정이며, 우리 삶을 풍요롭게 한다. 이 노래는 단순한 이별의 노래가 아니라, 사랑이라는 감정이 우리 삶에 얼마나 깊은 영향을 미치는지에 대한 성찰을 담고 있다. 아쉽게 세상을 일찍 떠난 김광석의 독특한 음색과 서정적인 가사는, 이 노래를 듣는 이들로 하여금 자신의 사랑을 되돌아보게 하며, 사랑의 의미를 다시금 생각하게 한다.

소나기

    황순원의 단편 소설 '소나기'는, 어린 시절 경험하는 순수하고 아련한 첫사랑을 섬세하게 묘사한 작품이다. 이 소설에는 소년과 소녀 사이의 조심스러운 교감과 애정을 은유적으로 표현한 장면들이 많다. 소년과 소녀가 수숫단 아래에서 비를 피하던 장면은, 이들의 관계를 상징적으로 보여준다. 처음에는 어색한 감정을 느끼던 두 아이는, 시간이 지날수록 서로를 이해하며 친밀감을 쌓아간다.

    첫사랑의 감정은 순수하기에 더욱 강렬하고, 세속적인 조건이나 이해관계에서 벗어난다. 소년과 소녀는 서로의 사회적 배경이나 미래를 고민하지 않는다. 그저 함께 걷고, 이야기하고, 자연 속에서 소소한 순간을 나누며 행복을 느낀다. 소녀가 개울에 손을 담그는 모습은, 마치 그들의 사랑이 빛나는 순간을 잡으려는 듯한 은유로 읽힌다. 이처럼 첫사랑은 일상 속 작은 행동과 감정을 통해 생생하게 표현되며, 사람들로 하여금 삶에서 가장 맑고 순수했던 시절을 떠올리게 한다.

    하지만 첫사랑은 늘 아련함과 이별의 그림자를 동반한다. 소년과 소녀의 사랑은 소나기의 짧은 순간처럼 지나가지만, 그 여운은 오래도록 남는다. 소년이 마지막까지 소녀를 기억하며 애틋한 감정을 간직하듯, 첫사랑은 대부분 이루어지지 못하기에 더 아름답고 소중하게 느껴진다. 소녀는 자기가 죽거든 자기 입은 옷을 꼭 그대로 입혀서 묻어달라는 말을 남겼다. 이는 사랑의 따스함과 이별의 서늘함을 동시에 상징하며, 우리에게 순간의 사랑이 남기는 깊은 인상을 보여준다.

소나기는 누구나 한 번쯤 가슴에 품고 있는 첫사랑의 추억을 떠올리게 하는 작품이다. 소년과 소녀의 이야기는 사랑이 이루어지는 것만이 중요한 것이 아니라, 그 순간의 감정이 우리 삶을 풍요롭게 한다는 것을 깨닫게 한다. 사랑은 지나가더라도 그 기억은 우리 안에 남아, 순수했던 시절의 빛을 영원히 비추며 삶의 일부로 자리 잡는다. 소나기는 이러한 사랑의 본질과 소중함을 우리에게 가르쳐주는 문학 보물이다.

아가페

아가페(Agape)는 고대 그리스어에서 유래한 단어로, 조건 없는 사랑, 희생적이고 이타적인 사랑을 의미한다. 이는 자신의 이익을 넘어 타인의 행복과 복지를 최우선으로 여기는 사랑으로, 종교적 가르침은 물론 인간 사회의 근본적인 이상으로 자리 잡고 있다. 현대 사회에서 아가페적인 사랑은 점점 더 중요해지고 있다. 경쟁과 갈등이 만연한 오늘날, 서로를 이해하고 배려하는 아가페적인 사랑은, 우리 사회의 분열과 고립을 해소할 수 있는 열쇠가 될 수 있을 것이다.

오늘날 우리는 너무나 자주 분열과 대립을 경험한다. 정치적 갈등, 사회적 불평등, 그리고 개인주의의 확산은 우리의 공동체를 위협하고 있다. 이러한 환경에서 아가페적인 사랑은 단순히 이상적인 개념이 아니라, 현실을 변화시키는 실질적인 도구로 작용할 수 있다. 아가페적인 사랑은 타인을 이해하려는 노력과, 상대의 입장에서 생각하는 공감의 자세를 요구한다. 이는 차별과 편견을 극복하고, 서로 다른 배경과 신념을 가진 이들을 하나로 묶는 데 기여한다.

아가페적인 사랑은 개인 차원을 넘어, 사회 차원에서도 실천될 수 있다. 예를 들어, 어려움을 겪고 있는 사람들을 돕고, 환경 문제를 해결하기 위해 공동의 노력을 기울이는 것은, 모두 아가페적인 사랑의 실천이다. 이러한 사랑은 단지 타인을 돕는 것을 넘어, 공동체 전체를 강화하고 더 나은 미래를 향해 나아가는 데 필수적이다.

요즘 같은 시대에 아가페적인 사랑이 왜 필요할까? 그것은 우리가 직면한 도전들이 단순한 개인의 노력이 아니라, 공동의 연대와 희생을 요구하기 때문이다. 팬데믹, 기후 변화, 경제적 불평등 같은 문제들은 전 지구적이고 구조적인 해결책을 요구한다. 이때, 아가페적인 사랑은 우리가 서로를 도우며 공존할 수 있는 기반을 제공한다. 서로를 위한 무조건적인 사랑과 희생은, 우리 사회를 더 평화롭고 정의롭게 만드는 힘이 될 것이다.

아가페적인 사랑은 현대 사회의 혼란 속에서 길을 잃은 우리에게 방향성을 제공한다. 이타적이고 조건 없는 사랑을 실천하는 것은 단순한 도덕적 이상이 아니라, 우리가 직면한 현실 문제들을 해결하기 위한 가장 강력한 방법의 하나다. 아가페적인 사랑은 우리가 인간다운 삶을 살고, 더 나은 세상을 만드는 데 필요한 핵심 가치를 제공한다.

가장 귀중한 유산

프란치스코 교황은 사랑과 기억의 중요성을 여러 차례 강조하며, 그것이 인간 삶의 중심이자 우리가 남겨야 할 가장 귀중한 유산임을 이야기했다. 교황은 2024년 8월 4일 삼종기도 훈화에서 부모의 헌신적인 사랑을 언급하며, "가장 귀중한 유산은 돈이 아니라 모든 것을 내어주는 사랑"이라고 했다. 자녀들이 부모의 사랑을 기억하고 형제들 간의 연대를 유지하기를 바란다는 의미였다. 교황의 말씀은, 물질적 가치보다 관계와 사랑의 본질이 얼마나 중요한지를 선명히 보여준다. 이 메시지는 현대 사회에서 점점 잊혀가는 사랑과 연대의 가치를 되새기게 한다.

부모의 헌신적인 사랑은 자녀의 삶 속에 가장 깊이 새겨지는 기억이자, 삶의 토대를 이루는 핵심적인 요소다. 이러한 사랑은 조건 없는 희생과 배려로 이루어져 있으며, 자녀들에게 사랑이란 무엇인지 몸소 가르친다. 부모의 사랑을 기억한다는 것은 단순히 과거를 떠올리는 것이 아니라, 그 사랑을 본받아 자기 삶 속에서 다시 실천하는 것을 의미한다. 형제들 간의 연대를 유지하는 것도 마찬가지로, 사랑의 기억을 행동으로 옮기는 중요한 과정이다. 가족 간의 유대감은 개인의 삶을 풍요롭게 할 뿐만 아니라, 사회 전체에 사랑과 화합을 확산시키는 기반이 된다.

교황의 말씀은 현대 사회가 직면한 문제들 속에서, 사랑의 본질을 다시금 강조한다. 오늘날 물질적 사회적 성공이 종종 삶의 목표로 자리 잡으면서, 사랑과 관계는 그 중요성을 잃어가고 있다. 그러나, 교황은 사랑이야말로 삶의 가장 본질적인 가치를 이루며, 그것이 진정으로 세상을 변화시키는 힘임을 상기시킨다. "모든 것을 내어주는 사랑"은 타인의 행복과 필요를 자신의 이익보다 우선시하며, 이를 통해 세상에 진정한 선물을 가져다준다. 이러한 사랑은 일시적이고 물질적인 유산이 아니라, 세대를 넘어 영원히 지속될 수 있는 유산이다.

사랑은 물질적 자산과는 비교할 수 없는 가치를 지닌다. 돈은 사라질 수 있지만, 헌신적 사랑은 사람들 사이의 관계를 강화하고, 삶의 의미를 깊이 새긴다. 기억 속에 새겨진 사랑은 행동으로 전환될 때 비로소 완전해진다. 그리고 그것이 바로 우리가 후대에 남겨야 할 가장 귀중한 유산이 된다. 프란치스코 교황의 말씀은 우리가 사랑을 기억하고, 그것을 실천하며, 세상을 더 나은 곳으로 만들어야 할 책임이 있음을 상기시킨다. 이러한 사랑의 이어짐이야말로 삶의 진정한 의미를 실현하고, 세대를 이어가며 지속될 수 있는 가장 귀중한 유산이다.

오만과 편견

　영국 소설가 제인 오스틴(Jane Austen)의 소설 '오만과 편견(Pride and Prejudice)'은, 진정한 사랑의 본질을 탐구하는 문학 걸작이다. 엘리자베스가 다아시를 진심으로 사랑하게 되는 순간은 이를 가장 잘 보여준다. "I do; I do like him. I love him. Indeed he has no improper pride. He is perfectly amiable. You do not know what he really is; then pray do not pain me by speaking of him in such terms."라고 엘리자베스는 고백한다. 이는 단순한 감정의 변화가 아닌, 상대방에 대한 깊은 이해와 존중을 바탕으로 한 사랑의 본질을 드러낸다.

　진정한 사랑은 첫인상이나 피상적인 감정에서 시작될 수 있지만, 그것이 깊어지려면 편견을 극복하고 상대를 있는 그대로 받아들이는 과정이 필요하다. 엘리자베스와 다아시의 관계는 이를 생생하게 보여준다. 처음에 엘리자베스는 다아시의 오만함과 냉정함에 반감을 느끼며 그를 멀리한다. 반면, 다아시는 엘리자베스의 사회적 배경과 가문의 부족함을 문제 삼는다. 그러나 시간이 지남에 따라 그들은 서로의 장점과 본질적인 가치를 발견하게 된다. 엘리자베스의 고백은 이 여정의 끝에서 이루어진 것으로, 다아시의 진심 어린 노력과 성격의 변화, 그리고 자신이 품었던 편견의 허점을 인지한 그녀의 성숙함을 상징한다.

이 장면에서 드러나는 또 다른 중요한 요소는, 진정한 사랑이 자신과 상대를 동시에 변화시킨다는 점이다. 다아시는 엘리자베스를 통해 자신의 단점을 자각하고 개선하려 노력한다. 그는 오만함을 버리고 자기 행동이 타인에게 미치는 영향을 이해하게 된다. 마찬가지로 엘리자베스는 다아시를 더 깊이 이해하면서 자신의 성급한 판단과 고집을 되돌아본다. 이러한 서로의 변화는 단순히 감정적인 사랑을 넘어, 진정한 동반자로서 서로를 성장시키는 사랑의 본질을 보여준다.

또한, 엘리자베스와 다아시의 이야기는 사랑이 개인의 자아를 초월해, 공동의 목표를 만들어가는 여정임을 강조한다. 그들의 관계는 서로의 부족함을 보완하며 조화를 이루는 방식으로 발전한다. 엘리자베스는 다아시의 진정성과 변화를 받아들임으로써 자신의 편견에서 벗어나고, 다아시는 엘리자베스를 통해 내면의 성숙을 이루며 관계를 새롭게 정의한다. 이는 사랑이 단순히 감정의 문제를 넘어, 서로를 있는 그대로 수용하고, 더 나은 사람이 되도록 돕는 지속적인 과정임을 시사한다. 사랑은 단순히 상대를 좋아하는 감정이 아니라, 상대를 있는 그대로 받아들이고 함께 성장하려는 의지에서 비롯된다.

커피

"Black as the devil, hot as hell, pure as an angel, sweet as love. "커피는 악마처럼 검고, 지옥처럼 뜨거우며, 천사처럼 순수하고, 사랑처럼 달콤하다."는, 프랑스의 정치가 샤를 모리스 드 탈레랑(Charles Maurice de Talleyrand)이 말했다고 전해진다. 이 문구는 커피를 묘사하면서 동시에 사랑의 본질을 함축적으로 보여준다. 커피와 사랑은 검고 깊은 매력을 지니며, 뜨거운 열정을 품고 있다. 또한 순수한 감동을 주고, 달콤한 행복을 선사한다.

사랑은 커피처럼 검고 깊다. 커피의 짙은 색깔이 단순한 음료가 아닌 복합적인 풍미를 담고 있듯, 사랑도 단순한 감정이 아니라 복잡하고 심오한 경험이다. 사랑은 사람의 내면을 흔들고, 때로는 숨겨진 감정을 드러내며, 우리가 가진 가장 깊은 부분을 탐구하게 만든다. 커피의 쓰디쓴 첫맛이 강렬한 기억을 남기듯, 사랑의 시작은 우리의 삶에 강한 인상을 남긴다.

사랑은 또한 커피처럼 뜨겁다. 커피 한 잔의 온기가 차가운 아침을 깨우듯, 사랑은 우리의 마음을 뜨겁게 데운다. 사랑은 열정과 에너지를 통해 사람들을 움직이게 만들며, 때로는 그 열정이 너무 강렬해 고통을 동반하기도 한다. 그러나 뜨거운 커피처럼 사랑은 우리 삶에 활력을 주고, 열정을 다시 불러일으키는 힘이 있다.

사랑의 순수함 역시 커피의 본질과 닮았다. 좋은 커피는 그 자체로 순수한 향과 맛을 자랑하며, 군더더기 없이 완벽한 조화를 이룬다. 사랑도 마찬가지로, 진정한 사랑은 어떤 조건이나 이해관계 없이 순수한 감정에서 비롯된다. 이러한 사랑은 우리에게 진정한 행복과 위로를 가져다준다.

마지막으로, 사랑은 커피처럼 달콤하다. 설탕이나 크림을 더한 커피가 완벽한 음료로 완성되듯, 사랑도 우리 삶에 달콤한 순간을 더한다. 사랑하는 이와 함께하는 시간은 삶에 특별한 의미를 부여하고, 우리의 일상을 더욱 풍요롭게 만든다.

사랑은 검고 뜨겁고 순수하며 달콤한 커피와 닮았다. 커피가 우리의 아침을 깨우고 하루를 시작하게 하듯, 사랑은 우리 삶을 깨우고 살아가는 이유를 제공한다. 사랑과 커피는 단순한 필요 이상의 감정적 경험을 통해, 우리에게 깊은 위로와 기쁨을 선사한다.

진달래꽃

나 보기가 역겨워

가실 때에는

말없이 고이 보내 드리오리다.

영변에 약산

진달래꽃

아름 따다 가실 길에 뿌리오리다.

가시는 걸음 걸음

놓인 그 꽃을

사뿐히 즈려 밟고 가시옵소서.

나 보기가 역겨워

가실 때에는

죽어도 아니 눈물 흘리오리다.

김소월의 시 '진달래꽃'은 짝사랑의 아픔과 이별의 감정을 극적으로 표현한 한국 문학의 걸작이다. 시의 화자는 상대가 떠나기를 원한다는 사실을 받아들이며, 자신의 사랑이 짐이 되지 않기 위해 떠나는 길에 진달래꽃을 뿌리고자 한다. "죽어도 아니 눈물 흘리오리다."라는 마지막 구절은, 이별 앞에서도 상대를 위해 슬픔을 감추겠다는 강렬한 의지와 사랑의 숭고함을 보여준다. 짝사랑은 이루어지지 않기에 더욱 아프지만, 그 아픔 속에도 상대를 향한 배려와 존중이 스며 있다.

짝사랑의 본질은 일방적인 감정에서 비롯된 헌신과 고통으로 설명된다. 화자는 자신이 사랑하는 사람의 마음을 얻지 못했음에도 불구하고, 떠나는 그를 배웅하며 그의 길을 꽃으로 장식한다. 이는 자신의 아픔보다 상대의 행복을 우선시하는 짝사랑의 본질을 대변한다. 진달래꽃은 짝사랑의 상징으로, 피고 지는 운명을 받아들이는 화자의 내면을 표현한다. 짝사랑이란 상대를 향한 조건 없고 희생적인 사랑임을 드러낸다.

사랑은 이별 속에서도 아름다움을 남기며, 짝사랑은 상대를 배려하고 그를 위해 마음을 접는 숭고한 감정을 통해 더욱 빛난다. 진달래꽃처럼 아름답고도 덧없는 짝사랑은, 우리에게 사랑의 깊이와 아픔의 의미를 다시금 깨닫게 한다.

머리에서 가슴으로

김수환 추기경은 "머리와 입으로 하는 사랑에는 향기가 없다. 진정한 사랑은 이해, 관용, 포용, 동화, 자기 낮춤이 선행된다. 나는 사랑이 머리에서 가슴까지 내려오는 데 70년이 걸렸다."는 말씀으로, 진정한 사랑의 의미를 깨닫고 실천하는 데 시간이 필요함을 일깨웠다. 이 말은 사랑이 단순히 머리로 이해하는 지식적 차원을 넘어, 가슴으로 느끼고 행동으로 옮겨질 때 완성된다는 가르침을 담고 있다. 사랑은 단순히 이해하거나 설명할 수 있는 개념이 아니다. 머리에서 가슴으로 내려오는 사랑은, 우리 삶 속에서 실천되는 과정에서 비로소 진정성을 가진다.

머리로 하는 사랑은 이론적이고 관념적이다. 우리는 종종 사랑을 논리적으로 이해하고 정의하려 하지만, 이러한 사랑은 감성적인 공감과는 거리가 멀 수 있다. 사랑이 가슴으로 내려올 때, 상대를 있는 그대로 받아들이고 그들의 고통에 공감하며, 그들을 위한 희생으로 이어진다. 추기경께서 말씀하신 70년이라는 시간은, 사랑이 단순히 감정적 반응에서 벗어나 책임감 있는 실천으로 변모하기 위해 필요한, 인내와 성찰의 과정을 상징한다.

진정한 사랑은 행동을 통해 완성된다. 머리로 이해하는 사랑이 말에만 머물 수 있다면, 가슴으로 느끼는 사랑은 행동으로 이어진다. 작은 배려와 진정한 관심, 그리고 꾸준한 실천이 바로 가슴으로 하는 사랑의 표현이다. 사랑은 타인의 삶에 빛을 비출 뿐 아니라, 우리 자신의 삶을 더 풍요롭게 만든다. 이러한 실천적 사랑은 사회적 연대와 공동체의 조화를 이끄는 원동력이 된다.

김수환 추기경의 말씀은 또한, 사랑이 우리의 이기심을 극복하고, 타인과의 연대를 통해 확장되어야 함을 강조한다. 진정한 사랑은 포용과 관용을 통해 완성된다. 우리의 사랑이 진정성을 가지려면, 타인의 입장을 이해하고 그들의 아픔을 함께 나누는 공감의 과정이 필요하다. 이는 우리의 삶에서 단순한 감정적 표현을 넘어, 행동으로 실천되어야 하는 이유다.

사랑은 머리에서 가슴으로, 그리고 행동으로 이어질 때 완전해진다. 김수환 추기경의 가르침은 우리가 사랑의 본질을 깊이 깨닫고, 이를 삶 속에서 실천하며, 세상을 더 따뜻하게 만드는 데 귀중한 지침이 된다. 그의 말씀은 단순한 이론이 아니라, 우리가 살아가는 데 가장 중요한 가치가 무엇인지에 대한 방향성을 제시한다. 머리에서 시작된 사랑이 가슴으로 내려오고, 행동으로 꽃피울 때, 우리는 비로소 진정한 사랑을 실천하는 삶을 살게 될 것이다.

인이인야(仁以人也)

논어에서 공자가 말한 "인이인야(仁以人也)"는, 사랑(仁)이란 본질적으로 사람과의 관계를 통해 실현된다는 의미를 담고 있다. 이는 사랑이 혼자만의 감정이 아니라, 다른 사람들과의 상호작용 속에서 구체화하고 의미를 가지는 것임을 강조한다. 공자는 사랑을 단순히 개인적이고 감정적인 차원에서 보지 않고, 그것을 인간 사회를 유지하고 발전시키는 핵심 원리로 보았다. "인이인야"는 사랑이 타인과의 관계 속에서 실천될 때, 비로소 완전해진다는 점을 분명히 한다. 사랑은 사람을 통해 비로소 구체적인 의미를 가지며, 이를 통해 사회적 도덕적 가치를 발견하게 된다.

사랑은 본질적으로 타인과의 관계에서 그 가치를 드러낸다. 혼자서 느끼는 사랑은 추상적일 수 있지만, 다른 사람을 배려하고 존중하며 도울 때 사랑은 실체를 가진다. 또한, 사랑은 타인의 입장을 이해하고 그들의 필요를 채우며, 공존을 위해 협력하는 과정에서 더욱 풍성해진다. 공자의 가르침은 사랑을 도덕적 실천의 중심에 놓고, 그것이 단순히 개인직

인 감정이 아니라 사회와 공동체를 이루는 근본적인 원리임을 보여준다. "인이인야"는 사랑이 단순한 감정에서 멈추지 않고, 도덕적 의무와 실천으로 발전해야 한다는 것을 상기시킨다. 이는 단순한 관계의 유지를 넘어, 개인과 사회 모두의 조화를 이루는 데 필요한 덕목으로서의 사랑을 제시한다.

사랑은 사람과의 관계를 통해 지속적으로 성장한다. 관계는 때로 갈등과 오해를 동반하지만, 그 과정을 통해 사랑은 더 깊어지고 넓어진다. 사랑이란 상대의 고통에 공감하고, 그들의 필요를 이해하며, 함께 성장하기 위한 노력 속에서 완성된다. "인이인야"의 가르침은 인간이 관계 속에서 스스로 도덕적 가치를 발견하고 확장하며, 더 나은 사회적 관계를 형성할 수 있음을 보여준다. 이는 단지 한 개인의 성장을 넘어 사회 전체의 조화와 안녕을 도모하는 데 기여한다. 공자는 이를 통해 사랑이 단순히 개인 차원에 머무르지 않고, 공동체의 필수적인 원리로 작용해야 함을 강조했다. "인이인야"라는 단순한 문구 속에는 사랑이 인간 삶의 중심이자, 도덕적 이상임을 강조하는 공자의 깊은 통찰이 담겨 있다.

애(愛)와 인(仁)

　논어에서 애(愛)와 인(仁)은 서로 밀접히 연결되어 있으면서도, 구별되는 개념으로 나타난다. 애(愛)는 개인의 감정적 차원에서 비롯된 사랑을 의미하며, 가족과 친구 등 가까운 관계에서 자연스럽게 발생하는 사랑이다. 반면 인(仁)은 사랑을 넘어선 도덕적 이상으로, 모든 인간에게 적용되는 보편적 덕목을 의미한다. 애(愛)가 특정 관계 안에서 발현되는 감정이라면, 인(仁)은 이를 사회적 관계와 윤리적 실천으로 확장한 개념이라고 할 수 있다.

　애(愛)는 인간의 본능적이고 자연스러운 감정이다. 부모와 자식 간의 사랑, 친구 간의 우정, 연인 간의 애정 등은 모두 애(愛)의 범주에 속한다. 공자는 이를 바탕으로 윤리적 실천을 강조하며, 효(孝)와 같은 가족 내 사랑을 사회적 책임으로 확장할 것을 제안한다. 하지만 애(愛)는 감정적 경향성에 치우칠 위험이 있다. 특정 대상에 국한된 감정적 사랑이, 사회적 공정성을 해칠 수 있기 때문이다. 이러한 점에서 애(愛)는 감정을 넘어 도덕적 실천으로 확장되어야 한다.

인(仁)은 이러한 애(愛)를 기반으로 한, 보편적이고 윤리적인 사랑을 의미한다. 공자는 "인이인야(仁以人也)"라고 말하며, 인(仁)이란 인간관계를 통해 이루어진다고 가르쳤다. 애(愛)가 감정적 차원이라면, 인(仁)은 그 사랑을 도덕적 이상으로 승화시킨 것이다. 인(仁)은 개인의 이익을 넘어 타인을 존중하고, 공정한 관계를 유지하며, 사회적 조화를 이루는 데 중심이 된다. 논어에서 공자는 인(仁)의 실천이 인간의 삶을 윤리적으로 완성하는 길임을 여러 차례 강조한다.

애(愛)와 인(仁)은 서로를 보완하며 조화를 이룬다. 사랑은 인간의 본능적 감정이지만, 그것이 도덕적 실천으로 나아가기 위해서는 인(仁)이라는 보편적 가치로 확장되어야 한다. 공자의 가르침은 우리가 감정에 머무르지 않고, 이를 사회적 책임과 윤리적 실천으로 전환해야 함을 일깨운다. 애(愛)와 인(仁)의 조화는 개인과 사회를 모두 풍요롭게 만드는 중요한 덕목이며, 이를 통해 우리는 진정한 도덕적 삶에 다가갈 수 있을 것이다.

어린 백성

"나랏 말쌈이 중국에 달아, 문자와로 서로 사맛디 아니할쌔, 이런 전차로 어린 백성이 니르고자 할 바 이셔도, 마침내 제 뜻을 시러펴디 못하는 놈이 하니라." 이 구절은 세종대왕이 훈민정음을 창제한 이유를 직접 밝힌 말로, 그의 애민정신(愛民精神)을 가장 잘 드러낸다. 어린 백성이란 단순히 나이가 어린 사람들을 뜻하는 것이 아니라, 문자의 어려움으로 인해 자기 생각을 표현하지 못하고, 배움에서 소외된 백성을 상징한다. 세종대왕은 이들을 위해 누구나 쉽게 배우고 사용할 수 있는 새로운 문자를 창제하여, 그들의 삶을 변화시키고자 했다.

세종대왕의 애민정신은 백성을 단순히 다스리는 대상이 아닌, 함께 나아가야 할 존재로 바라본 데서 비롯된다. 당시 한자는 배우고 쓰기 어려워 지식과 권력은 소수 상류층에 집중되었고, 대다수 백성은 문자 사용의 한계에 따라, 자신의 권리를 주장하거나 법과 제도를 이해하지 못했다. 세종대왕은 이러한 현실을 깊이 이해하며, 백성들이 일상에서 겪는 어려움을 해결하기 위해 훈민정음을 창제했다. 이는 문자라는 단순한 도구를 넘어, 백성들의 삶을 직접적으로 개선하려는 실질적이고 혁신적인 시도였다.

훈민정음은 세종대왕의 애민정신이 집약된 결과물이다. 그는 문자를 통해 백성들이 자기 생각을 표현하고, 교육과 소통의 기회를 누릴 수 있도록 돕고자 했다. 훈민정음은 지식과 표현의 불평등을 극복하기 위한 도구로, 백성들이 더 나은 삶을 살아갈 수 있도록 돕는 가교 역할을 했다. 세종대왕은 단순히 백성을 보호하는 것을 넘어, 그들이 자신의 삶을 스스로 이끌 수 있는 능력을 갖추도록 돕는 데 초점을 맞췄다.

훈민정음은 세종대왕의 애민정신을 통해 실현된, 백성을 향한 사랑과 책임의 결정체다. 그는 백성을 단순히 통치의 대상으로 보지 않고, 그들의 고통을 공감하며 직접 해결책을 제시했다. 어린 백성이라는 표현은 그가 백성을 얼마나 따뜻하고 진심 어린 마음으로 대했는지를 보여준다. 훈민정음은 단순한 문자가 아니라, 백성들과 함께 더 나은 미래를 열어가고자 했던, 세종대왕의 진정한 애민정신을 상징하는 위대한 유산이다.

장미꽃

"But you must not forget it. You become responsible, forever, for what you have tamed. You are responsible for my rose. 하지만 넌 그것을 잊으면 안 돼, 너는 네가 길들인 것에 대해 영원히 책임을 져야 해. 네가 길들인 장미에 대해 책임이 있어." 생텍쥐페리의 소설 어린 왕자의 이 구절은 사랑의 본질을 섬세하게 표현한다. 사랑은 단순한 감정이 아니라, 시간을 들이고 정성을 기울이며 상대를 특별한 존재로 만드는 과정이다. 어린 왕자가 장미를 돌보며 느낀 애정은, 단순한 취향이나 조건이 아닌 스스로 쏟은 헌신과 책임감에서 비롯된다

사랑은 시간을 투자하며 성장한다. 어린 왕자가 장미를 위해 물을 주고 바람을 막아주며 돌본 행위는, 단순히 장미를 아름답게 유지하려는 노력이 아니다. 그 속에서 사랑의 가치를 발견하는 과정이었다. 시간을 들여 돌본다는 것은 단순한 애정 표현이 아니라, 상대를 진심으로 이해하고 존중하는 과정임을 보여준다. 이를 통해 관계는 더욱 깊어지고 의미를 가진다. 사랑은 상대에게 자신의 시간과 에너지를 내어주는 헌신

을 통해 진정한 가치를 얻는다.

또한, 사랑은 책임을 수반한다. "You are responsible, forever, for what you have tamed."라는 말처럼, 사랑은 자신이 돌보고 길들인 관계에 대한 책임을 요구한다. 어린 왕자는 자신이 장미를 돌보며 그녀를 특별한 존재로 만들었기에, 그녀에 대한 책임감을 느끼게 된다. 이는 사랑이 단순히 기쁨을 주는 감정이 아니라, 지속적으로 돌보고 지키는 실천임을 상기시킨다. 사랑은 책임을 통해 진정한 의미를 가진다. 상대를 돌보는 행동 속에서 사랑은 특별함으로 자리 잡고, 책임은 사랑을 지속시키는 근본적인 요소가 된다.

사랑은 또한 관계 속에서 상호적이다. 어린 왕자와 장미의 관계는 단순히 한쪽의 헌신으로 이루어진 것이 아니다. 장미 역시 어린 왕자에게 자신만의 독특한 존재감을 보여주며 그를 변화시켰다. 이는 사랑이 주고받는 관계 속에서 더욱 깊어지고, 양방향의 상호작용을 통해 완성된다는 것을 알려준다. 사랑은 서로의 가치를 발견하며, 그 특별함을 함께 만들어가는 과정이다.

시간을 들여 돌보는 행위는 상대를 특별한 존재로 만들며, 그 특별함은 사랑의 진정성을 증명한다. 사랑을 단순한 감정으로 이해하기보다, 시간과 책임, 그리고 상호 관계 속에서 성장시키는 가치로 바라봐야 한다. 사랑은 우리가 누구에게 얼마나 많은 시간을 쏟았으며, 그 관계에 얼마나 헌신하고 책임을 다했는지 정의하는 가장 인간적인 감정이다.

벙어리 장갑

　어렸을 때 받았던 뜨개질 벙어리 장갑은, 단순히 손을 따뜻하게 하기 위한 방한용품이 아니었다. 그것은 누군가의 정성과 사랑이 한 코 한 코 엮인 결과물이었다. 손끝에서 만들어진 장갑은 차가운 겨울바람 속에서도, 마음까지 따뜻하게 해주는 특별한 선물이었다. 뜨개질 벙어리 장갑은 단순한 물건을 넘어, 사랑이란 무엇인지, 그것이 어떻게 표현될 수 있는지를 상징적으로 보여준다.

　뜨개질은 시간이 오래 걸리고, 정성이 있어야 한다. 장갑 한 쌍을 만들기 위해서는 실을 고르고, 디자인을 생각하며, 수없이 반복되는 손놀림을 이어가야 한다. 이는 마치 사랑이란 관계를 만들어가는 과정과도 같다. 사랑은 한순간에 완성되지 않는다. 서로를 이해하고 배려하며, 때로는 반복되는 노력 속에서 조금씩 엮여가는 것이다. 뜨개질 장갑은 이러한 사랑의 과정을 시각적으로 보여주는 결과물이다.

　벙어리 장갑은 또한 실용적인 의미를 넘어 깊은 감정의 표현이다. 그것은 단순히 손을 따뜻하게 하는 물건이 아니라, "너를 걱정하고, 돌보고 싶다"는 마음을 담은 선물이다. 어린 시절, 내가 받은 뜨개질 장갑은 차가운 날씨 속에서도 나를 보호해 주겠다는 약속이었다. 장갑을 낀 손은 단순히 보온을 넘어, 그것을 만든 사람의 온기를 느낄 수 있었다. 이는 사랑이란 말로만 전하는 것이 아니라, 행동과 헌신으로 표현되는 것임을 일깨워준다.

뜨개질 장갑은 시간이 지나면서 단순한 물건 이상의 의미로 쓰이게 된다. 장갑의 실밥 하나하나에 담긴 정성은 시간이 흘러도 변하지 않는다. 벙어리 장갑을 통해 전해진 따뜻함은, 나이를 먹으며 그 의미가 더욱 깊어졌다. 그 장갑은 단순히 나를 위해 만들어진 것이 아니라, 누군가가 나를 얼마나 소중히 여겼는지 보여주는 증거였다. 이는 사랑이란 단순한 감정이 아니라, 시간과 노력, 그리고 행동으로 나타나는 가치임을 상징한다.

뜨개질 벙어리 장갑은 사랑의 본질을 우리에게 알려준다. 사랑은 차가운 세상에서 서로를 보호하고, 따뜻하게 감싸주는 것이다. 그것은 반복적인 노력과 헌신을 통해 만들어지며, 상대방에게 전하는 작은 선물로도 충분히 큰 울림을 줄 수 있다. 뜨개질 장갑은 단순한 물건이 아니다. 그것은 사랑의 증거이자, 따뜻함의 상징이며, 우리가 서로를 어떻게 돌봐야 하는지를 가르쳐주는 소중한 교훈이다.

은행나무

은행나무는 열매가 떨어질 때 지독한 냄새를 풍겨 사람들을 불편하게 한다. 거리를 지나는 사람들은 코를 막고, 심지어 가지를 잘라버리기도 한다. 그러나 가을이 되면 은행나무는 노랗게 물들어, 찬란한 단풍을 선사하며 사람들의 마음을 사로잡는다. 이처럼 은행나무는 그 자체로 양면성을 지닌 존재다. 사랑 또한 이와 닮았다. 사랑은 때로는 냄새처럼 불편하고 고통스럽지만, 또 다른 순간에는 단풍처럼 눈부시고 아름답다.

사랑의 냄새는 때로 우리를 멀어지게 한다. 사랑은 항상 행복하고 달콤하지 않다. 오해와 갈등, 상처와 실망이 사랑의 일부일 때, 우리는 그것을 피하고 싶어 한다. 사랑이 가져오는 어려움과 고통은 마치 은행 열매의 냄새처럼 견디기 힘들고, 때로는 포기하고 싶게 만든다. 하지만 이러한 어려움은 사랑을 완성하는 과정이기도 하다. 은행나무가 열매를 맺는 이유가 나무의 생존과 번식을 위한 것처럼, 사랑의 고통도 관계를 깊게 하고 성숙하게 만드는 역할을 한다.

가을 단풍처럼 사랑은 아름다운 순간도 선사한다. 사랑은 서로를 이해하고, 성장하며, 함께하는 기쁨을 나누는 과정에서 그 진가를 드러낸다. 마치 은행나무가 가을에 황금빛 단풍으로 모든 이들을 감탄하게 하듯, 사랑은 불완전함 속에서도 우리를 놀랍도록 따뜻하고 충만하게 만든다. 어려운 순간을 지나며 피어난 사랑은 더 단단하고 깊어진다. 사랑의 아름다움은 단순히 완벽한 조화를 이루는 데 있지 않다. 그것은 냄새와 단풍이라는 양면성을 모두 받아들이고, 그 속에서 진정한 가치를 발견하는 데 있다.

은행나무가 냄새와 단풍이라는 상반된 특징을 가진 것처럼, 사랑은 때로는 고통스럽고, 때로는 찬란하다. 그러나 중요한 것은 그 양면성을 인정하고 받아들이는 자세다. 우리는 사랑이 불편한 순간에도 그 가치를 부정하지 않고, 기다림과 노력으로 아름다운 단풍의 순간을 맞이할 수 있다. 은행나무처럼 사랑도 모든 순간이 완벽할 수는 없지만, 그 불완전함 속에서 더욱 빛난다.

사랑은 은행나무와 같다. 냄새와 단풍이라는 양면성을 지닌 존재처럼, 사랑도 고통과 기쁨이 공존한다. 그 양면성을 받아들이고 함께 걸어갈 때, 우리는 사랑의 진정한 의미를 발견할 수 있다. 은행나무가 매년 가을마다 황금빛 단풍으로 우리에게 감동을 주듯, 사랑도 매 순간 우리를 성장하게 하고 삶을 더욱 풍요롭게 한다.

인간 존재의 본질

독일 철학자 에리히 프롬은 "Liebe ist die einzige vernünftige und befriedigende Antwort auf das Problem der menschlichen Existenz. 사랑은 인간 존재의 문제에 대한 유일한 합리적이고 만족스러운 대답이다."라고 말했다. 이 문장은 단순히 사랑의 중요성을 강조하는 것을 넘어, 사랑이 인간의 존재와 삶에 있어 필수적인 해답임을 보여준다. 사랑은 인간을 고립에서 구하고, 서로를 연결하며, 연대를 통해 삶의 깊은 의미를 발견하게 하는 힘이다.

프롬의 말처럼, 사랑은 단순히 감정적 끌림이 아니라, 인간 존재의 본질에 뿌리내린 실천적 행위다. 현대사회에서는 점점 더 개인주의가 강화되고, 인간관계가 단절되며, 고독이 커지고 있다. 이런 상황에서 사랑은 타인과의 진정한 연결을 통해 고립을 극복할 수 있는 길을 제시한다. 사랑은 개인을 넘어선 관계의 구축이며, 연대는 이를 바탕으로 확장된다. 서로의 삶에 참여하고, 이해하며, 지지하는 행위는 사랑을 통해 이루어진다.

사랑은 또한 인간관계의 연대를 강화한다. 프롬은 사랑을 "타인의 삶에 적극적으로 관심을 두고, 그들이 성장하도록 돕는 것"으로 정의했다. 사랑은 단순히 상대방을 받아들이는 것을 넘어, 함께 성장하고 변화하며 더 나은 세상을 만들어가는 과정이다. 이러한 사랑이 연대를 통해 확장될 때, 개인과 공동체 모두가 풍요로워진다. 예를 들어, 사회적 약자를 돕거나 환경 문제에 동참하는 것은 사랑의 확장된 형태로 볼 수 있다. 이는 인간 존재의 문제를 해결하기 위한 연대의 필요성을 보여준다.

사랑과 연대는 삶의 의미를 찾는 중요한 열쇠이기도 하다. 인간은 존재 자체로 의미를 가지지만, 그 의미는 사랑과 연대를 통해 더욱 빛난다. 타인과 연결되고, 그들과 함께 이루어내는 경험은 삶을 더욱 충만하게 만든다. 사랑이 없다면 인간 존재는 단절되고, 삶은 공허해질 것이다. 하지만 사랑과 연대가 있다면, 인간은 고립을 넘어 의미 있는 삶을 살아갈 수 있다.

프롬의 말은 오늘날 더욱 큰 울림을 준다. 사랑은 단순히 인간관계의 윤활제가 아니라, 존재 자체를 구원하는 힘이다. 사랑과 연대를 통해 인간은 자신의 존재 이유를 발견하고, 더 나은 세상을 만들어갈 수 있다. 사랑은 개인의 문제를 넘어, 인류 전체의 문제에 대한 해답이다.

2장 누군가의 희생으로

쇄빙선

얼어붙은 바다를 깨며 나아가는 쇄빙선은, 단순히 물리적인 기능을 넘어 희망의 상징이다. 쇄빙선은 단단한 얼음을 깨뜨려 다른 배들이 길을 열고 안전하게 항해할 수 있도록 돕는다. 때로는 얼음에 갇힌 배를 구출하며, 새로운 길을 제시하기도 한다. 이처럼 쇄빙선은 한계를 돌파하고 다른 존재를 위해 헌신하는 역할을 수행한다. 우리도 인생 속에서 쇄빙선처럼 앞장서서 장애물을 깨뜨리고, 주변 사람들에게 길을 열어줄 수 있지 않을까?

사회 속에는 수많은 얼어붙은 바다가 존재한다. 편견, 차별, 두려움, 그리고 새로운 시도를 가로막는 고정관념이 그것이다. 많은 사람들이 이런 얼음 속에 갇혀 더 이상 앞으로 나아가지 못하고 정체된 삶을 살아간다. 쇄빙선이 얼음을 깨뜨려 길을 내듯, 우리도 이런 사회적 장벽을 깨뜨릴 수 있다. 그것은 다른 사람에게 용기를 주고, 변화를 두려워하지 않도록 돕는 행동에서 시작된다.

쇄빙선은 자신의 강인한 몸체를, 얼음에 부딪히며 깨는 데 사용한다.

이는 고통스럽고, 때로는 위험한 작업일 수도 있다. 하지만 그 과정에서 새로운 항로가 열리듯, 우리도 때로는 자신의 안전이나 안락함을 희생해야 할 때가 있다. 불공평한 상황에 목소리를 내거나, 모두가 두려워하는 도전을 먼저 시도함으로써, 우리는 쇄빙선처럼 주변 사람들에게 희망을 줄 수 있다.

쇄빙선은 한 번의 항로 개척으로 여러 배가 따를 수 있는 길을 만든다. 이처럼 우리도 한 사람의 노력으로 사회 전체에 긍정적인 변화를 불러올 수 있다. 작은 행동이라도 더 나은 세상을 만드는 데 기여할 수 있다. 누군가를 격려하는 말 한마디, 두려움에 빠진 사람에게 용기를 북돋는 행동이, 결국 얼어붙은 삶을 깨뜨리는 시작이 될 수 있다.

쇄빙선의 역할은 단순히 얼음을 깨는 것이 아니다. 그것은 새로운 가능성을 열고, 안전한 길을 마련하며, 고립된 존재를 구하는 것이다. 우리도 인생에서 쇄빙선처럼 어려운 길을 먼저 걸으며, 함께 살아가는 사람들에게 용기와 희망을 줄 수 있는 존재가 될 수 있다. 쇄빙선이 거대한 얼음을 깨며 항로를 열듯, 우리는 자신과 타인의 삶 속에서 굳어버린 장벽을 허물고, 새로운 시작을 만들어갈 수 있다.

불쏘시개

2019년 10월, 1개월여의 짧은 장관 임무를 마치고 퇴임한 조국 전 법무부 장관은, "검찰개혁의 불쏘시개"가 되겠다고 했다. 본인의 희생과 헌신을 통해 검찰개혁을 반드시 이루겠다는 의지의 표현이었다. 불쏘시개는 자신을 태워 더 큰 불꽃을 피워낸다. 그 자체로는 금세 사라지는 존재지만, 주변을 따뜻하게 하고 더 큰불을 지속시키는 중요한 역할을 한다. 이처럼 우리도 사회와 인간관계 속에서 불쏘시개 같은 역할을 할 수 있다.

불쏘시개는 자신의 불꽃으로 주변을 태우고 밝히지만, 그것이 사라진 후에도 남겨진 불은 계속해서 빛과 열을 낸다. 사회 속에서도 누군가는 자신을 희생해 더 큰 선과 변화를 위해 헌신한다. 누군가가 불편한 진실을 드러내거나, 새로운 시도를 통해 변화를 이끌 때, 그것이 곧 불쏘시개가 되는 일이다. 우리는 모두 자신의 작은 불꽃으로도 더 나은 세상을 만드는 데 기여할 수 있다.

불쏘시개의 역할은 인간관계에서도 중요하다. 사람들은 저마다의 어려움을 안고 살아간다. 이런 상황에서 누군가가 먼저 용기를 내고, 따뜻한 말이나 행동으로 주변에 힘을 준다면, 그것은 관계의 불씨를 살리는 일이 된다. 작은 희생이나 배려로 주변 사람들에게 용기를 주고, 그들이 더 큰 가능성을 펼칠 수 있도록 돕는 것이야말로 불쏘시개 같은 삶이다.

또한, 불쏘시개는 그 자체로 연약하지만, 연약함 속에 강렬한 힘을 품고 있다. 자신이 완전히 사라질지라도 타인을 밝히는 순간을 위해 존재한다. 이런 마음으로 산다면, 우리는 일상의 작은 희생을 두려워하지 않을 수 있다. 때로는 우리의 노력과 헌신이 당장은 눈에 보이지 않을지라도, 결국 그 불꽃이 사회의 변화와 관계의 깊이를 만들어낸다는 것을 믿어야 한다.

불쏘시개는 혼자가 아니라 함께 있을 때 더 큰 불꽃을 만들어낸다. 마찬가지로, 우리도 서로의 불쏘시개가 되어야 한다. 한 사람이 만든 불씨가 다른 사람의 불꽃과 만나 더 큰 빛을 발할 때, 세상은 따뜻하고 밝아진다. 누군가의 불쏘시개가 되어 그들의 삶에 온기를 더하고, 더 나은 미래를 향한 길을 함께 열어가는 삶이야말로, 진정한 연대와 희생의 의미를 담고 있다. 선한 영향력을 지닌 불꽃인 것이다.

태극기 휘날리며

영화 '태극기 휘날리며'는 한국전쟁을 배경으로, 두 형제의 희생과 형제애를 감동적으로 그려낸 작품이다. 형 진태(장동건)와 동생 진석(원빈)은 전쟁의 혼란 속에서 서로를 지키기 위해 끝없는 희생을 감내한다. 형 진태가 동생을 보호하기 위해 스스로 전장의 최전선으로 나아가는 모습은 형제애의 절정을 보여주며, 가족을 위한 헌신의 본질을 강렬하게 드러낸다. 이 영화는 단순히 전쟁의 비극을 그리는 데 그치지 않고, 사랑과 희생이 인간의 가장 숭고한 가치임을 보여준다.

진태의 희생은 가족을 향한 무조건적인 사랑의 상징이다. 그는 동생 진석을 전쟁터에서 살려내기 위해 자신의 모든 것을 내던지며, 때로는 비합리적으로 보일 정도로 동생을 보호하려 한다. 그러나 이 선택은, 단순한 의무감이 아니라 진심 어린 사랑에서 비롯된 것이다. 진태의 행동은 사랑이란 본능적으로 타인을 위해 자신을 희생하는 힘임을 보여준다. 영화는 형제가 서로를 위해 끝없이 헌신하는 모습을 통해, 사랑과 희생이 인간관계의 본질임을 탐구한다.

영화는 전쟁의 참혹함 속에서도 인간성을 잃지 않으려는 투쟁을 강렬하게 보여준다. 전쟁은 모든 것을 파괴하려 하지만, 진태와 진석의 형제애는 이를 넘어선다. 형제는 서로를 지키기 위해 노력하며, 전쟁의 비극 속에서도 사랑과 연대가 인간을 어떻게 지탱하는지를 증명한다. 진태의 희생과 진석의 깨달음은, 인간성의 빛을 잃지 않으려는 끊임없는 노력과 닮았다.

영화는 또한 개인의 희생이 가족의 경계를 넘어, 인간성을 지키는 가치로 확장될 수 있음을 보여준다. 진태의 헌신은 단순히 동생을 구하기 위한 것이 아니라, 전쟁의 비인간적 현실 속에서 인간으로서 지켜야 할 가치를 상징한다. 형제의 관계는 인간이 고통 속에서도 타인을 위해 무엇을 할 수 있는지, 그리고 희생이 어떻게 사랑의 완전한 표현이 되는지를 보여준다.

'태극기 휘날리며'는 희생과 형제애를 통해 사랑의 본질을 탐구하는 영화다. 전쟁이라는 비극 속에서 형제 간의 헌신은 단순히 가족의 범위를 넘어, 우리가 어떤 상황에서도 인간으로서 지켜야 할 가치가 무엇인지를 일깨운다. 형과 동생의 희생적 사랑은 전쟁의 어두운 그림자 속에서도 빛나는, 인간의 숭고한 가치를 담아낸다. 이 영화는 사랑이란 무엇인지, 그리고 사랑이 어떻게 인간의 존엄성을 지키는지에 대한 깊은 메시지를 우리에게 전한다.

바리바리

'바리바리'는 물건을 여러 겹으로 겹쳐 싸거나, 한 번에 많이 챙긴다는 뜻을 가진 말이다. 특히 엄마가 자식을 위해 이것저것 챙겨주는 모습과 연결되며, 단순한 물건의 양을 넘어 어머니의 정성과 사랑을 담고 있다. 부모님을 뵙고 돌아올 때 차 트렁크를 가득 채우는 물건들은, 자식을 향한 조건 없고 무한한 사랑의 상징으로 느껴진다. '바리바리'라는 단어 속에는 자식을 향한 엄마의 끝없는 애정과 걱정이 고스란히 녹아 있다.

엄마의 사랑은 조건이 없다. 자식이 집을 떠나는 날, 엄마는 김치부터 반찬, 야채까지 무엇 하나 빠뜨리지 않고 챙겨준다. "이거 부족할 거야," "저거 가져가라"는 말과 함께, 자식이 어디에 있든 든든하게 살아가길 바라는 마음을 물건에 담는다. 때로는 과할 만큼 싸주는 엄마의 모습은, 단순히 물건을 주는 행위를 넘어, 자식이 안전하고 평안하길 바라는 간절한 염원을 담고 있다.

바리바리 싸주는 물건들은 단순한 생필품 그 이상이다. 엄마가 손수 준비한 음식, 꼼꼼히 포장된 작은 물건들은, 자식을 향한 따뜻한 마음과

정성의 결정체다. 엄마는 자식이 물질적으로 부족함을 느끼지 않길 바라는 마음으로 짐을 싸며, 물건 하나하나에 자신의 사랑을 담아낸다. 엄마의 사랑은 이처럼 크고 작음에 상관없이 언제나 자식을 위한 것이며, 이러한 사랑은 우리가 세상 속에서 힘을 얻는 기반이 된다.

또한, 바리바리 싸인 물건은 엄마가 전하는 소통의 방식이기도 하다. 말로 다 전하지 못할 애정과 걱정을 물건에 담아 전하며, "이게 다 너를 위해서"라는 마음을 표현한다. 특히 자식이 멀리 떨어져 있을 때, 바리바리 준비한 짐은 엄마가 자식과 함께하지 못하는 아쉬움을 채우는 방법이기도 하다. 물건에 담긴 정성은 자식을 향한 엄마의 목소리와 같다.

바리바리는 단순히 물건을 싸는 행위가 아니라, 엄마가 자식을 위해 기울이는 정성과 사랑의 상징이다. 트렁크를 채우는 물건들 속에는 자식을 위한 조건 없는 헌신과 끝없는 애정이 담겨 있다. 자식은 그 사랑을 떠안고 세상을 살아갈 힘을 얻는다. 엄마의 사랑은 바리바리 싸인 물건처럼 늘 넘치고, 어디에서나 우리를 따뜻하게 감싸며 삶의 버팀목이 되어 준다.

마중물

　'마중물'이라는 말이 있다. 과거 펌프를 이용해 지하수를 퍼 올리던 시절, 펌프는 평소 비어 있는 상태라 곧바로 물을 퍼 올릴 수 없었다. 이를 위해 반드시 물 한 바가지를 채워야 했고, 그렇게 채워진 마중물이 펌프 내부의 기압 차를 만들어 지하수를 끌어올리는 원리였다. 이 단순한 과정이 주는 교훈은 놀랍도록 깊다. 우리 삶에서도 이러한 마중물이 되어야 하는 순간들이 있다.

　마중물의 역할은 단순히 시작을 돕는 것 이상이다. 그것은 다른 이들이 잠재된 가치를 발휘하도록 돕는 계기가 된다. 예를 들어, 어려움을 겪는 사람에게 건네는 작은 격려의 말이나 도움의 손길은, 그들의 인생에 큰 변화를 불러올 수 있다. 이는 단순히 물 한 바가지로 끝나는 일이 아니라, 지속적인 흐름을 만들어 내는 시작점이 되는 것이다. 이런 마중물은 물질적 지원일 수도 있지만, 때로는 진심 어린 관심과 공감만으로도 충분하다.

　인생에서 마중물의 역할을 하는 사람들은 흔히, 자신을 드러내지 않는다. 그들은 조용히 뒤에서 다른 이들의 성장을 도와주는 역할을 한다. 교사나 멘토, 혹은 친구와 가족이 이러한 마중물 역할을 맡을 수 있다. 이들의 사소한 도움과 격려는 주변 사람들이 잠재력을 발휘하도록 돕는 큰 힘이 된다. 이처럼 마중물은 겉으로 보이지 않는 작은 행동이지만, 그 결과는 매우 크고 깊은 영향을 미친다.

마중물의 철학은 공동체 정신과도 연결된다. 우리가 함께 살아가는 사회에서 한 사람이 마중물 역할을 하면, 그에 따라 많은 사람들이 힘을 얻고 긍정적인 변화를 만들어 낸다. 이는 단순히 개인적인 이익을 넘어, 공동체 전체의 성장과 발전을 이끄는 큰 원동력이 된다. 우리가 사는 세상에서 서로에게 마중물이 되어주는 문화가 자리 잡는다면, 더 나은 사회를 만들 수 있을 것이다.

마중물은 우리의 적은 노력이 어떻게 큰 변화를 끌어낼 수 있는지를 보여주는 삶의 교훈이다. 우리 각자는 누군가의 삶에서 마중물이 될 수 있다. 그리고 그런 역할을 자주 실천할 때, 우리는 자신도 성장하고 주변도 함께 변화하는 놀라운 경험을 할 수 있다. 마중물의 의미를 되새기며, 서로의 삶에 긍정적인 영향을 주는 사람이 되기를 바란다.

사랑을 베풀면 사랑이 돌아온다

"Loving others brings love back to you. 사랑을 베풀면 사랑이 돌아온다." 미국 작가 캐서린 펄시퍼(Catherine Pulsifer)의 이 말은, 인간관계의 본질을 꿰뚫는 진리를 담고 있다. 진심 어린 사랑은 단지 상대방에게만 영향을 미치는 것이 아니라, 자신에게도 예상치 못한 방식으로 되돌아온다. 사랑은 한정된 자원이 아니라 나눌수록 더 커지는 에너지라는 점에서, 이 문장은 깊은 의미를 가진다. 사랑을 베푸는 행위는 감사, 애정, 그리고 성취감이라는 형태로 우리 삶에 긍정적인 변화를 불러온다.

작은 사랑의 표현이나 친절한 행동도 때로는 큰 변화를 만들어낸다. 어려움에 부닥친 사람을 도울 때, 우리는 단순히 도움을 준다는 것을 넘어 서로 간의 신뢰와 유대감을 형성한다. 사랑을 받은 사람은 자신이 소중히 여겨진다는 느낌을 받고, 사랑을 준 사람은 그로 인해 보람과 기쁨을 느낀다. 이러한 선순환은 우리의 정서적 안정을 도와줄 뿐만 아니라, 더 강한 관계를 형성하는 기반이 된다. 이처럼 사랑을 나누는 일은 개인의 행복과 공동체의 조화를 이루는 데 중요한 역할을 한다.

그러나, 사랑은 단순히 돌려받기 위해 베푸는 것이 아니다. 진정한 사랑은 다른 사람을 돕고자 하는 순수한 마음에서 비롯된다. 조건 없는 사랑은 가장 강력한 영향을 미친다. 이런 사랑은 종종 상대방에게 영감을 주어, 그들도 같은 사랑을 나누도록 만든다. 이에 따라 사랑과 긍정의 순환이 이어지며, 개인과 사회 모두에 큰 변화를 불러온다. 사랑은 상처를 치유하고, 장벽을 허물며, 세상을 더 따뜻하게 만드는 힘이 있다.

실제 삶에서 이러한 원칙을 실천하기 위해서는, 인내와 용기가 필요하다. 모든 사랑의 행위가 즉각적으로, 또는 명확하게 보답받는 것은 아니다. 때로는 우리의 노력을 알아주지 못할 때도 있다. 그러나 진정한 보상은 인정받는 데 있는 것이 아니라, 우리의 사랑이 누군가에게 긍정적인 영향을 미쳤다는 데 있다. 시간이 지남에 따라 이러한 사랑의 행동은 쌓이고, 우리의 성격을 형성하며, 주변 사람들에게 좋은 영향을 미친다.

캐서린 펄시퍼의 말은 사랑이 양방향으로 작용하는 힘임을 상기시킨다. 사랑을 나눌수록 우리는 더 많이 받을 수 있다. 사랑을 베풀면 삶은 더 깊고 의미 있는 연결과 진정한 관심으로 가득 찬다. 이러한 사랑의 순환은 단지 개인의 삶만이 아니라 세상 전체를 풍요롭게 만든다.

아내

요즘에는 '아내'라는 단어를 잘 쓰지 않는다. 대부분 '와이프' '집사람' '애 엄마'라고도 부른다. 아내는 과거에는 주로 가정을 책임지고 돌보는 사람이라는 의미로 사용되었다. 오늘날에도 많은 아내들은 가정을 위해 자신의 시간과 에너지를 기꺼이 희생하며, 가족의 행복과 안정을 위한 중심축 역할을 하고 있다. 아내라는 존재는 단순히 집안을 돌보는 사람이 아니라, 가정을 지탱하는 사랑과 헌신의 상징이다. 그러나 이러한 역할은 종종 당연시되거나 간과되기 쉽다. 아내들의 헌신은 가정에서 가장 기본적이면서도 중요한 요소로, 우리의 일상에서 그 가치를 다시금 되새겨야 한다.

아내들은 종종 가족의 안정과 행복을 위해 자신을 희생한다. 이들은 가정이라는 공간을 사랑과 배려로 채우며, 남편과 자녀들이 외부에서 겪는 도전과 어려움을 완충해 주는 역할을 한다. 직장과 가정을 병행하는 아내들은 하루 종일 바쁜 일정을 소화하면서도, 가족을 위해 따뜻한 밥상을 차리고, 자녀의 교육과 정서적 지지를 책임진다. 이러한 희생은 단순히 물리적인 노동을 넘어, 가족 모두를 위한 심리적 안정과 사랑을 제공하는 데까지 이어진다. 이는 아내가 단순한 구성원을 넘어, 가정을 지탱하는 중요한 존재임을 의미한다. 아내의 헌신은 결코 당연한 것이 아니다. 그들의 사랑과 노고는 반드시 감사와 존중으로 보답받아야 한다. 감사는 거창할 필요가 없다. "고마워"라는 짧은 말 한마디, 혹은 따뜻한 미소만으로도 아내들은 자신이 가족에게 필요한 존재임을 느낄 수 있다.

또한, 가사와 육아에 대한 부담을 나누는 행동은 아내들의 헌신에 대한 실질적인 보답이 될 수 있다. 그들의 이야기를 진심으로 들어주고, 노력과 희생을 인정하며 동등한 파트너로 대우하는 것은, 가족 내에서 존중과 사랑을 유지하는 데 필수적이다.

아내들의 역할은 단순히 보조적이지 않다. 그들은 가정의 중심에 서서 모든 관계를 조화롭게 유지하고, 가족이 어려움을 극복하는 힘을 제공한다. 이런 면에서 아내는 단순히 가족을 위한 헌신자가 아니라, 가정을 살아 움직이게 만드는 핵심 동력이다. 아내들의 헌신은 그들의 내면에서 우러나오는 사랑과 책임감에서 비롯되며, 이는 가정의 안정과 행복을 가능하게 하는 원천이다.

아내는 가족 모두를 위해 쉼 없이 노력하는 존재인 동시에, 가족들에게 자신이 사랑받고 인정받고 있음을 느낄 자격이 있다. 아내의 노고를 인정하고 사랑을 표현하는 것은 단순히 도덕적인 의무가 아니라, 가정을 더 따뜻하고 단단하게 만드는 길이다.

광주의 딸

2017년 5월 18일, 광주 5.18 국립묘지에서 열린 기념식 행사에서 있었던 감동적인 장면을 잊을 수 없다. 5.18 당시 아버지를 잃은 딸 김소형 씨가 아버지에게 드리는 편지를 울면서 낭독했다. 낭독을 끝내고 무대 뒤로 걸어 나갈 때, 문재인 대통령이 조용히 따라가서 그녀를 안아 주었다. 행사 관계자가 김소형 씨에게 다가가 이야기한 뒤에서야, 그녀도 대통령이 다가오는 것을 알 수 있었다. 각본에 있었던 것도 아니고, 당사자인 그녀도 예견하지 못했던 일이다.

사랑은 치유의 힘을 지닌다. 그 사랑이 각본에 의하거나 꾸며지지 않고, 행동과 말에서 자연스럽게 우러나올 때 큰 의미를 지닌다. 대통령의 행동은 정치적 제스처가 아니라 진심 어린 위로로 보였다. 아픔을 겪은 사람의 슬픔에 공감하며 손을 내미는 모습은, 수많은 이들에게 깊은 인상을 남겼다. 김소형 씨는 물론 이 장면을 지켜본 모든 사람에게 치유와 연대의 메시지를 전달한 것이다.

이 장면은 또한 5.18 민주화운동의 정신을 되새기게 했다. 5.18은 단순히 과거의 사건이 아니라 현재에도 계속되는, 민주주의와 인권의 가치로 이어지고 있다. 희생자들과 그 가족들의 고통을 기억하고, 그들의 이야기를 세상에 전하는 것은 우리 사회가 지켜야 할 중요한 책임이다. 이 책임을 다하기 위해 필요한 것은 단순한 형식적 추모가 아니라, 그들의 고통과 희망을 진정으로 이해하고 함께 나누려는 마음이다.

김소형 씨의 편지와 대통령의 위로는 단지 개인적인 감동을 넘어선다. 이는 우리가 잊지 말아야 할 역사적 진실과 이를 대하는 태도에 대해 중요한 교훈을 준다. 5.18의 희생자들은 그들의 생명을 민주주의를 위해 바쳤다. 우리는 이 희생이 헛되지 않도록 그 정신을 이어가야 한다. 이를 위해 필요한 것은 서로의 이야기를 경청하고, 함께 울고 웃으며, 아픔을 함께 치유해 나가는 것이다.

광주는 민주주의와 인권의 상징적인 도시다. 이 도시에서 시작된 민주화운동은 한국 사회를 변화시키는 계기가 되었다. 김소형 씨와 문재인 대통령의 만남은 광주의 딸과 대한민국의 대통령이 함께 만들어낸 치유와 연대의 순간이었다. 이는 우리가 앞으로 나아가야 할 방향을 제시해 준다. 사랑과 공감, 그리고 치유의 힘이야말로 민주주의를 지탱하는 진정한 가치임을 깨닫게 해 준 것이다. 이런 가치를 바탕으로 우리는 더욱 정의롭고 평화로운 사회를 만들어 갈 수 있을 것이다.

반려동물

요즘에는 '애완동물'이라는 표현 대신 '반려동물'이라는 용어가 일반적으로 사용된다. '애완'은 말 그대로 '즐기기 위해 기른다'는 뜻을 담고 있어, 동물을 소유물처럼 여기는 의미를 가질 수 있다. 반면, '반려'는 '짝이 되거나 동반자'라는 의미를 담고 있다. 인간과 동물이 대등한 관계에서 서로를 돌보고 함께 살아가는 존재임을 강조한다. 요즘의 이 변화는 동물에 대한 우리의 인식이 어떻게 바뀌었는지 보여주는 상징적인 예다.

반려동물은 단순히 기르는 동물이 아니다. 그들은 우리의 삶 속에서 기쁨과 위안을 주며, 진정한 동반자로 자리 잡는다. 현대사회에서 많은 사람들이 반려동물을 가족의 일원으로 여긴다. 고단한 하루 끝에 반겨주는 강아지의 꼬리 흔들림, 혹은 고양이의 부드러운 털을 쓰다듬을 때 느끼는 따스함은, 반려동물이 단순한 동물이 아닌 마음을 나누는 존재임을 일깨운다. '반려'라는 단어는 이들이 우리의 삶을 함께 살아가는 존재임을 상징적으로 나타낸다.

'반려'라는 단어는 또한 책임을 포함한다. 반려동물은 그저 우리의 즐거움을 위한 대상이 아니라, 우리의 보살핌과 사랑이 필요한 생명체다. 한 생명을 책임진다는 것은 단순히 먹이를 주고 돌보는 것을 넘어, 그들의 감정과 건강을 세심하게 살피는 것을 의미한다. 특히, 반려동물이 우리에게 주는 무조건적인 사랑에 보답하는 마음으로, 우리는 그들의 삶을 더 행복하게 만들기 위해 노력해야 한다. 이는 단순히 '기르는 것'을 넘어, 함께 살아가는 자세를 요구한다.

반려동물은 인간에게 많은 것을 가르쳐 준다. 조건 없는 사랑, 인내, 그리고 작은 것에 감사하는 마음을 일깨워준다. 반려동물과 함께하는 시간은 단순한 교감이 아니라, 우리가 더 나은 사람이 되기 위한 기회가 된다. 이는 '반려'라는 단어가 지닌 깊은 의미를 더욱 부각하게 시킨다. 반려동물은 우리에게 삶의 진정한 동반자가 무엇인지, 그리고 관계를 통해 얻을 수 있는 기쁨과 책임의 가치가 무엇인지를 알려준다.

반려동물이라는 표현은 동물을 대하는 우리의 태도가, 단순한 소유에서 동반자로의 관계로 변화했음을 보여준다. 이들은 우리 삶의 작은 기쁨에서부터 깊은 위로에 이르기까지 많은 것을 함께한다. '반려'라는 단어가 담고 있는 의미처럼, 우리는 그들과 함께하며, 서로에게 삶의 의미와 따스함을 더해주는 진정한 동반자가 되어야 한다. 반려동물과 함께하는 삶은 단순히 행복을 주고받는 것을 넘어, 더 나은 존재로 성장하게 하는 소중한 경험이 되기 때문이다.

3장 바람직한 삶

파토스(Pathos)

로고스(Logos), 파토스(Pathos), 에토스(Ethos)는 고대 그리스 철학자 아리스토텔레스(Aristotle)가 만든 용어다. 그는 저서 '수사학(Rhetoric)'에서 이 세 가지를 설득의 주요 요소로 제시했다. 효과적인 설득을 위해 논리적 이성(로고스), 감정적 호소(파토스), 그리고 화자의 신뢰성과 도덕성(에토스)이 균형 있게 사용되어야 한다고 강조했다. 이는 오늘날까지도 설득 이론과 의사소통 분야에서 중요한 개념으로 활용된다.

바람직한 인간관계를 형성하고 유지하는 데 있어 파토스(Pathos), 즉 감정을 통한 설득은 중요한 역할을 한다. 인간은 본질적으로 감정적인 존재로, 서로의 마음을 이해하고 공감하는 과정을 통해 관계를 구축한다. 로고스(Logos)가 논리와 이성을 바탕으로 관계를 형성하는 데 유용할 수 있고, 에토스(Ethos)가 신뢰와 권위를 강조한다면, 파토스는 정서적 유대를 통해 인간적인 연결을 끌어낸다. 특히, 개인적인 관계나 친밀한 소통이 필요한 상황에서, 파토스는 가장 효과적인 접근법이라 할 수 있다.

파토스는 인간관계에서 공감의 다리를 놓는다. 예를 들어, 친구가 어려움을 겪고 있을 때 논리적인 해결책을 제시하기보다, 그들의 감정을 이해하고 위로를 건네는 것이 더 큰 위안을 줄 수 있다. 감정적으로 연결된 순간은 관계를 더욱 돈독히 만들며, 서로에 대한 신뢰를 쌓는 계기가 된다. 이러한 감정적 유대는 단순히 일시적인 위안에 그치지 않고, 장기적인 관계의 안정성과 지속성을 보장한다. 이는 감정의 교류가 단순한 소통을 넘어 관계의 본질적 요소로 작용하기 때문이다.

또한, 파토스는 갈등 상황에서도 효과적인 역할을 한다. 인간관계는 필연적으로 갈등을 동반하지만, 감정을 공유하고 이해하는 과정에서 문제를 해결할 수 있는 실마리를 찾게 된다. 한쪽이 자신의 감정을 솔직하게 표현하고, 다른 쪽이 이를 수용하며 공감할 때, 갈등은 오히려 관계를 더 깊게 만드는 기회가 될 수 있다. 이는 파토스가 단순히 감정을 전달하는 것을 넘어, 상호 이해를 촉진하는 도구임을 보여준다.

반면, 로고스나 에토스는 인간관계에서 한계를 가진다. 논리적 접근은 감정적 갈등 상황에서 오히려 관계를 경직시킬 수 있으며, 신뢰와 권위를 강조하는 에토스 역시 관계의 수직적 구조를 강화할 위험이 있다. 이에 비해 파토스는 관계의 수평적 구조를 유지하며, 상호 존중과 평등의 기반 위에서 관계를 강화한다. 감정적 소통이 원활할수록 인간관계는 더욱 풍요로워질 것이다.

존중 신뢰 배려

"We are not a team because we work together. We are a team because we respect, trust, and care for each other. 우리는 함께 일하기 때문에 팀이 아니다. 서로를 존중하고, 신뢰하고, 아끼기 때문에 한 팀이다." 미국의 디지털 전도사 발라 아프샤(Vala Afshar)의 이 말은, 진정한 팀워크의 본질을 간결하면서도 명확히 보여준다. 단순히 함께 일한다는 사실만으로 팀이 되는 것이 아니라, 팀원들 간의 존중, 신뢰, 배려가 팀을 형성하는 핵심이라는 점을 강조한다. 이 말은 현대 조직과 공동체의 중요한 원칙을 일깨우며, 관계의 질이 팀의 성공을 결정짓는 중요한 요소임을 상기시킨다.

많은 사람들이 '팀'이라는 단어를 단순히 작업 단위로 인식할 때가 많다. 그러나 진정한 팀은 단순히 동일한 목표를 위해 일하는 집단이 아니다. 존중과 신뢰는 팀원 간의 관계를 단단히 해주는 접착제와 같다. 존중은 각 개인의 가치를 인정하고, 그들의 아이디어와 기여를 소중히 여기는 것에서 시작된다. 신뢰는 팀원들이 서로에게 의지하고, 공통의 목표를 향해 나아가는 데 필요한 심리적 안전감을 제공한다. 이러한 토대 위에서 배려는 팀 내 갈등을 완화하고, 각 구성원의 잠재력을 극대화할 수 있게 한다.

발라 아프샤의 말은 조직 내에서는 물론, 우리의 일상과 인간관계에서도 적용된다. 가족, 친구, 사회 공동체에서도 진정한 연결은, 단순히 함께 시간을 보내는 것만으로 이루어지지 않는다. 서로를 존중하고 신뢰하며, 필요할 때는 따뜻하게 배려할 때, 관계는 깊어지고 지속 가능해진다. 팀워크의 본질은 작업 그 자체가 아니라, 사람들 사이의 연결과 상호작용에 달려 있다. 이는 우리가 인간으로서 가지는 본질적인 욕구와도 맞닿아 있다. 즉, 인정받고 안전함과 소속감을 느끼는 것이다.

"우리는 함께 일하기 때문에 팀이 아니다. 서로를 존중하고, 신뢰하고, 아끼기 때문에 한 팀이다."라는 말은, 팀워크를 넘어 인간관계 전반에 대한 통찰을 제공한다. 우리가 어떤 관계에 있든, 진정한 유대감과 협력은 상대방을 대하는 태도에서 비롯된다. 존중과 신뢰, 배려를 바탕으로 한 관계는, 단순히 목표를 달성하는 것을 넘는다. 구성원 모두에게 성취감과 만족감을 제공하며, 더 나은 공동체를 만드는 데 기여한다.

시기 질투

시기와 질투는 인간관계에서 파괴적인 감정 중 하나다. 이는 타인의 성취와 행복을 보며 자신이 부족하다는 느낌에서 시작된다. 이런 감정은 자연스러운 인간의 본능일 수 있지만, 이를 잘못 다루면 관계를 훼손하고, 나아가 개인의 삶까지 황폐화할 수 있다. 시기와 질투는 타인을 향한 부정적인 감정을 넘어, 자신을 무너뜨리는 보이지 않는 독과도 같다.

시기와 질투는 관계를 서서히 무너뜨린다. 우리는 종종 타인의 성공이나 행복이 자신의 가치를 위협한다고 느끼며, 이런 감정은 서로 간의 신뢰와 존중을 갉아먹는다. 예를 들어, 동료의 승진을 축하하지 못하고 질투심을 느낀다면, 동료와의 관계는 점점 멀어질 수밖에 없다. 가족이나 친구 간에도 이러한 감성이 생기면, 서로의 진심을 의심하게 되어 관계가 냉담해진다. 시기와 질투는 타인의 성취를 축하할 수 없게 만들고, 이는 결국 고립감을 초래하며 관계의 기반을 무너뜨린다.

또한, 시기와 질투는 개인의 내면에도 큰 상처를 남긴다. 이러한 감정에 사로잡히면 타인의 행복에 집중하게 되고, 자신이 가진 것의 가치를 쉽게 잊어버린다. 결과적으로 자기 비하와 불만족이 심화하며, 삶이 부정적인 방향으로 기울게 된다. 시기와 질투는 끊임없는 비교를 부추기며, 자기 삶에 대한 감사와 만족을 느낄 기회를 앗아간다. 이는 자신에게도, 그리고 주변 사람들에게도 부정적인 영향을 미친다.

하지만 시기와 질투를 극복할 방법은 있다. 가장 중요한 것은 자신이 가진 것에 감사하는 마음을 갖는 것이다. 우리는 각자 다른 삶의 궤적을 걷고 있으며, 비교는 무의미하다는 것을 이해해야 한다. 또한, 타인의 성공을 진심으로 축하하며 그들의 성취를 인정하는 자세를 가지면, 관계는 더 건강해지고 서로에게 긍정적인 영향을 줄 수 있다. 시기와 질투는 이해와 존중으로 치유될 수 있으며, 이를 통해 우리는 더 나은 인간관계를 형성할 수 있다.

시기와 질투는 인간관계를 망가뜨릴 수 있는 강력한 감정이지만, 이를 극복하면 더욱 깊고 진정성 있는 관계를 만들 수 있다. 우리는 서로를 존중하고, 서로의 성취를 축하할 때, 건강하고 지속 가능한 관계를 만들 수 있다. 타인의 행복을 인정하고, 자기 삶에 감사하는 마음을 가질 때, 시기와 질투는 더 이상 관계를 위협하는 독이 아닌, 성장과 성찰의 계기가 될 것이다.

맑은 사람

"새해 복 많이 받고 밝고 맑게 자라거라." 해마다 설이면 조카들에게 주는 세뱃돈 봉투에 적어주는 글귀이다. '밝게'는 흔히 쓰지만 '맑게'는 잘 쓰이지 않는 단어이다. '맑다'는 것의 정의는 무엇인가?

맑은 사람은 마음이 투명하고, 생각이 깨끗하며, 행동이 진실한 사람이다. 맑음은 단순히 깨끗하거나 결백한 상태만을 뜻하지 않는다. 그것은 삶을 대하는 태도와 정신을 함축한다. 맑다는 것은 마음의 번잡함과 탐욕을 내려놓고, 자기 본연의 모습으로 존재하는 것을 의미한다. 세상은 복잡하고 혼란스럽지만, 그 속에서도 맑음을 유지하려는 노력은 인간을 더욱 고귀하게 만든다.

맑은 사람은 수변을 환히 밝히는 등불과 같다. 그들의 말은 진솔하고, 행동은 일관적이며, 타인을 대하는 태도에는 따뜻함이 배어 있다. 이들은 자신에게 닥친 어려움 속에서도 흔들리지 않고, 자신만의 가치와 신념을 굳건히 지키며 살아간다. 특히, 이들은 작은 것에서 기쁨을 찾고, 감사의 마음을 잊지 않는다. 바쁘고 복잡한 일상에서도 자신을 성찰하며, 진정 중요한 것을 놓치지 않는다.

맑은 사람이 되기 위해서는 꾸준한 내적 수련이 필요하다. 불필요한 욕망을 덜어내고, 타인을 배려하며, 자신의 삶을 진지하게 돌아보는 습관이 중요하다. 이는 단순히 외적인 선행을 넘어, 진정성 있는 내면의 성숙을 요구한다. 또한, 맑음을 유지하기 위해 자연과 교감하거나, 마음의 평화를 찾는 시간이 필요하다. 맑은 사람은 거창한 성공이나 부를 좇기보다, 자기 내면에서 비롯된 평온함과 행복을 추구한다.

새해를 맞이하며 내가 조카들에게 '밝고 맑게 자라라'는 메시지를 남기는 이유는, 맑은 마음이야말로 세상에서 가장 값지고 아름다운 선물이기 때문이다. 세상의 흐림과 혼란 속에서도 맑음을 지켜내는 사람은, 자신은 물론 주변에도 행복을 전할 수 있다. 맑은 사람이 되려는 노력은 결국 우리가 모두 더 나은 세상을 만들기 위한 첫걸음이다.

다름과 틀림

    다름과 틀림은 서로 다른 개념임에도 불구하고 자주 혼동되어 사용되며, 이는 갈등의 원인이 되기도 한다. 다름은 개인과 집단 간의 차이를 나타내며, 이는 각자의 문화적 배경, 신념, 가치관에서 자연스럽게 드러난다. 반면, 틀림은 특정 기준이나 규범에서 벗어난 상태를 지칭한다. 다름을 틀림으로 오인하거나 무시하면 사회적 갈등이 발생하며, 이는 조화로운 관계를 저해한다. 따라서 다름과 틀림을 올바르게 구분하고 이해하려는 태도는 상호 존중과 협력의 출발점이 된다.

    다름은 인간 사회의 다양성을 반영하며, 이는 창의성과 혁신의 중요한 원천이 된다. 서로 다른 관점을 가진 사람들이 협력할 때 새로운 해결책과 아이디어가 만들어진다. 예를 들어, 다양한 학문적 배경을 가진 전문가들이 협력하여 복잡한 문제를 해결할 때, 독창적인 결과물이 나올 가능성이 높다. 다름은 이러한 협력을 통해 풍요로운 사회를 만드는 핵심 요소로 작용하며, 이를 받아들이기 위해 열린 마음과 공감 능력이 필요하다. 다름을 인정하는 것은 단순히 차이를 수용하는 것을 넘어, 그 차이를 발전의 원동력으로 활용하는 과정이다.

틀림은 사회적 기준이나 규범에 의해 정의되며, 종종 부정적으로 간주한다. 그러나 과거의 사례를 보면 틀림으로 여겨졌던 많은 것들이, 결국 새로운 가능성을 열어 주는 혁신의 출발점이 되었다. 예를 들어, 기존의 틀을 깨뜨린 과학적 발견이나 예술적 시도들이 처음에는 배척받았으나, 시간이 지나며 사회적 진보를 이루는 데 기여했다. 틀림을 무조건 거부하기보다 그 속에서 배울 점을 찾고 새로운 관점을 받아들이는 태도는, 개인과 사회 모두에게 긍정적인 변화를 불러올 수 있다.

다름과 틀림을 이해하려는 노력은 연대와 협력의 문화를 형성한다. 다름을 인정하는 것은 사람들이 서로 다른 배경과 관점을 존중하며, 협력할 수 있는 기반을 마련한다. 동시에 틀림을 배척하지 않고 이를 대화와 발전의 출발점으로 삼는 태도는, 포용적인 사회를 만들어 가는 데 중요한 역할을 한다. 이는 차이를 조화롭게 받아들이고 다양한 관점과 경험을 융합하여, 더 나은 결과를 도출하는 데 기여한다. 다름과 틀림을 구분하고 수용하려는 노력은 상호 존중과 협력을 넘어, 지속 가능한 사회로 나아가는 길을 제시한다.

다름은 인간 사회의 다양성을 풍요롭게 만드는 요소로 존중받아야 하며, 틀림은 새로운 가능성을 모색하는 기회로 삼아야 한다. 다름과 틀림을 올바르게 이해하고 이를 바탕으로 협력한다면, 개인의 성장과 사회적 발전을 동시에 이룰 수 있다.

용서의 의미

하늘에 계신 우리 아버지,

아버지의 이름이 거룩히 빛나시며

아버지의 나라가 오시며,

아버지의 뜻이 하늘에서와 같이

땅에서도 이루어지소서!

오늘 저희에게 일용할 양식을 주시고,

저희에게 잘못한 이를

저희가 용서하오니

저희 죄를 용서하시고

저희를 유혹에 빠지지 않게 하시고,

악에서 구하소서.

아멘.

가톨릭 미사에서 암송하는 '주님의 기도' 중 "저희에게 잘못한 이를 저희가 용서하오니"라는 구절은 용서의 본질을 성찰하게 한다. 이 구절은 우리에게 용서란 단순한 선택이 아니라, 신앙 안에서 하나의 의무임을 상기시킨다. 인간관계에서 상처와 오해는 피할 수 없지만, 용서는 그 상처를 치유하고 관계를 회복하는 첫걸음이다. 이는 단지 상대방을 위한 행위가 아니라, 우리의 마음을 자유롭게 하고, 영혼의 평화를 얻는 과정이다.

용서는 자존심을 내려놓고 타인을 이해하려는 노력을 요구한다. 상대의 잘못이 클수록 용서하기란 더욱 어렵다. 하지만, 이 기도문은 우리가 용서하지 않으면 결국 우리 자신도 용서를 받을 수 없다는 메시지를 전한다. 예수님은 우리를 위해 스스로 희생하시며 용서의 모범을 보여주셨고, 이를 통해 용서의 가치가 단순히 도덕적 실천을 넘어 신앙적 순명임을 알려주셨다.

용서는 인간적 한계를 넘어서는 사랑의 표현이다. "저희에게 잘못한 이를 저희가 용서하오니"라는 기도는, 우리가 하느님의 사랑을 따라 배우고, 그 사랑을 세상에 실천하라는 초대와 같다. 결국 용서는 우리가 모두 평화로 향하는 길 위에 있음을 깨닫게 한다.

음식물 쓰레기

식사를 마친 뒤 남은 음식은 더 이상 가치 없는 것으로 간주하여, '음식물 쓰레기'로 버려진다. 하지만 조금만 시선을 달리해 보면, 그것은 단지 '남았다'는 이유로 쓰레기라는 꼬리표를 달게 되었을 뿐이다. 여전히 본질적으로는 우리에게 생명을 이어가게 해준 음식이다. 이것을 떠올리면, 인간의 존재 또한 비슷한 운명에 놓일 수 있다는 생각이 든다. 우리는 자신의 역할을 다했다고, 또는 더 이상 필요 없다고 느낄 때, 스스로 혹은 타인을 과소평가하며 가치가 없다고 여기는 경우가 있다. 하지만 진정으로 그렇게 생각할 수 있는가?

음식이 남는 이유는 다양하다. 너무 많이 준비했거나, 입맛에 맞지 않았거나, 단순히 배가 불러 더 이상 먹을 수 없기 때문이다. 그렇다면 남은 음식이 본질적으로 가치가 없는 것인가? 아니다. 그것은 우리가 더 이상 소비할 여력이 없다는 이유일 뿐이다. 인간 사회에서도 누군가는 자신이 쓸모없다고 느끼거나, 남들로부터 무시당할 때 쉽게 '음식물 쓰레기'처럼 버려질 수 있다는 두려움을 느낀다. 하지만 우리가 반드시 기억해야 할 것은, 인간은 본질적으로 모두 소중한 존재라는 점이다.

음식물 쓰레기를 버릴 때, 우리는 자주 일회용 장갑을 끼거나 그것이 더럽다고 느낀다. 같은 음식을 먹을 때는 그것이 우리의 피와 살이 된다고 생각하지만, 버릴 때는 단지 쓰레기 취급을 한다. 인간관계에서도 마찬가지다. 누군가가 필요할 때는 그 사람의 가치를 인정하고 도움을 구하지만, 필요가 없어지면 그 존재를 잊거나 과소평가하기 쉽다. 하지만, 음식이 본래의 가치에서 변하지 않듯이, 인간의 본질적 가치 또한 상황에 따라 변하지 않는다.

인생을 살아가며 우리는 누구나 필요한 존재다. 각자의 위치와 역할은 다를지라도, 모두가 서로의 삶에 영향을 미친다. 먹고 남든, 버려지든, 음식이 본래의 음식이라는 사실이 변하지 않듯이, 인간의 가치는 변하지 않는다. 중요한 것은 우리 스스로와 타인을 어떻게 바라보는지에 달려 있다. 버려지는 음식물도 다시 자원으로 재활용할 수 있듯이, 인간의 존재도 때로는 스스로 잊고 있던 가치를 되찾을 기회를 얻어야 한다.

컬러링

컬러링은 단순한 전화 수신음 이상의 의미를 지닌다. 누군가 전화를 걸 때, 수신자가 설정한 음악이나 메시지는 단순한 기다림을 넘어 그 사람의 개성과 감정을 전달한다. 컬러링은 자신을 표현하는 창의적 도구이자, 상대방에게 자신의 존재를 알리는 매개체다. 사랑도 이와 닮았다. 사랑은 단순히 존재하는 것이 아니라, 상대에게 나만의 컬러링을 통해 내 마음과 존재를 알리고 기억되도록 하는 과정이다.

컬러링은 한 사람의 취향과 감정을 드러낸다. 수신자가 설정한 음악은 그가 좋아하는 장르일 수도 있고, 특별한 순간을 기념하는 노래일 수도 있다. 이는 상대방에게 "이런 내가 여기에 있다"는 메시지를 보내는 것이다. 사랑에서도 우리는 나만의 방식으로 상대방에게 자신을 표현한다. 진심 어린 말, 사소하지만 특별한 행동, 혹은 상대가 기억할 만한 작은 선물들이 모두 사랑의 컬러링이다. 이런 표현들은 단순히 보여주기 위한 것이 아니라, 나의 존재가 상대에게 의미 있게 다가가길 바라는 마음에서 비롯된다.

컬러링은 기다림의 순간을 특별하게 만든다. 단순히 연결음을 들으며 기다리는 대신, 수신자의 음악이나 메시지를 듣는 동안 그 사람에 대해 생각하게 된다. 사랑도 마찬가지다. 사랑은 때로는 기다림을 동반하며, 그 과정에서 서로를 더 깊이 이해하고 알아가는 시간이 된다. 컬러링처럼, 사랑도 기다림의 순간에 의미를 부여하며, 상대와 나 사이의 관계를 더욱 특별하게 만든다. 사랑은 단순히 상대방을 만나는 순간은 물론, 그를 생각하고 기다리는 시간 속에서도 지속적으로 표현된다.

컬러링은 또한 상대에게 기억될 수 있는 흔적을 남긴다. 특정 음악이나 메시지는 시간이 지나도 그 사람을 떠올리게 한다. 사랑도 마찬가지다. 우리가 상대에게 전한 진심과 행동은 그들의 마음에 흔적을 남기며, 오래도록 기억된다. 사랑은 단순히 한순간의 감정이 아니라, 시간이 지나도 그 의미가 이어지는 관계다. 컬러링이 특정한 노래나 메시지로 사람을 기억하게 하듯, 사랑은 나만의 색깔로 상대의 마음에 자리 잡는다.

컬러링은 사랑의 본질을 상징적으로 보여준다. 사랑은 단순히 존재하는 것이 아니라, 나만의 선율과 메시지로 상대에게 나를 알리고 기억되게 하는 과정이다. 컬러링처럼, 사랑은 나만의 색깔과 표현으로 상대에게 다가가고, 그들이 내 존재를 느낄 수 있게 한다. 사랑은 마치 컬러링과도 같아, 나의 진심이 담긴 선율로 상대의 마음을 물들이고, 두 사람 사이에 특별한 이야기를 만들어 간다.

세계테마기행

　'세계테마기행'은 내가 즐겨보는 프로그램 중 하나로, 각 나라의 풍경과 문화를 생생하게 전해준다. 내가 방문했던 장소가 프로그램에 등장할 때는 더욱 특별한 감동을 준다. 화면 속 풍경과 사람들은 내 기억 속 추억과 겹쳐 생생한 감정을 불러일으킨다. 예컨대, 한 작은 마을이 축제와 전통을 통해 소개되는 모습을 보면, 단순한 회상을 넘어 그곳에서 느꼈던 따뜻함이 새롭게 다가온다. 이는 프로그램이 단순한 여행 다큐멘터리를 넘어, 인간미를 되새기게 한다는 점에서 더욱더 매력적이다.

　리포터와 제작진이 직접 경험한 장면들은, 마치 내가 그곳을 여행하는 듯한 몰입감을 선사한다. 특히, 현지 사람들이 리포터와 제작진을 따뜻하게 대하는 모습은 매번 깊은 인상을 남긴다. 그들은 음식을 나누고 문화를 소개하며 웃음을 공유한다. 이런 모습은 단순한 여행을 넘어 인간적인 연대를 공감하게 만든다.

　이 프로그램은 낯선 곳에서도 사람들과 연결될 수 있다는 중요한 메시지를 전달한다. 언어와 문화가 달라도, 음식을 나누며 함께 웃는 순간에는 경계가 허물어진다. 이를 보며 나는 진정한 연대란 거창한 것이 아니라, 처음 보는 사람과도 소박한 시간을 나누는 데서 시작된다는 점을 깨닫는다. 다른 사람들과 교감하며 느끼는 기쁨은 결국, 우리의 삶을 풍요롭게 만드는 중요한 원동력이다.

세계테마기행을 보며 크게 느끼는 것은 세상이 여전히 따뜻하다는 믿음이다. 화면 속 낯선 풍경에서 이어지는 사람들의 연대와 웃음은, 바쁜 일상에서 놓치기 쉬운 삶의 가치를 되돌아보게 한다. 또한, 이 프로그램은 우리가 사는 세상이 얼마나 다채롭고 따뜻한지를 보여주는 매개체가 된다. 머리를 식히며 편안하게 즐길 수 있으면서도, 인간적인 깊이를 느낄 수 있는 점이 이 프로그램의 큰 장점이다.

앞으로도 세계테마기행을 통해 세계의 다양한 풍경과 사람들을 만나고 싶다. 이를 통해 단순한 여행이 아닌, 삶의 작은 기쁨과 따뜻한 연대의 의미를 찾을 수 있기를 바란다. 프로그램을 보는 시간은 세상의 아름다움과 인간적인 연대감을 일깨워 주는 소중한 시간임이 틀림없다.

늙어가는 과정

　우리는 누구나 늙어간다. 철학자 전남대 박구용 교수는 그의 강연 '늙어가는 존재의 미학'에서, 늙음이 단순히 나이 드는 상태가 아니라 현재 우리가 살아가는 과정임을 강조했다. 그는 늙음과 젊음이 다르지 않으며, 늙어가는 과정을 삶의 한 부분으로 자연스럽게 받아들여야 한다고 설명한다. 이러한 시각은 우리 자신을 사랑하고, 타인과 조화롭게 살아갈 수 있는 길을 제시한다.

　박구용 교수는 늙음을 부정적으로만 바라보는 사회적 고정관념에 대해 비판한다. 늙어가면서 지혜로워져야 한다거나, 말수가 줄어야 한다는 기대는 때로는 잔인한 요구가 될 수 있다. 오히려 우리는 늙어가는 과정을 있는 그대로 받아들이고, 그 안에서 삶의 의미를 발견해야 한다. 박교수는 인생에서 중요한 것은 '사건'이라며, 시간이 멈춘 것 같은 순간들이 삶을 진정으로 풍요롭게 만든다고 말한다. 이는 나이가 들더라도 여전히 새로운 사건을 통해 자신의 삶을 채울 수 있음을 시사한다.

　늙어가면서 중요한 것은 욕망과 욕심의 균형이다. 박 교수는 "욕망은

많게, 욕심은 적게"를 삶의 철학으로 제시한다. 자기 욕망을 부정하지 않되 그것이 타인과의 관계를 해치지 않도록 조절해야 한다고 강조한다. 이러한 태도는 자신을 사랑하는 방법을 배우는 것과 밀접하게 연결된다. 나이가 들수록 우리는 자신의 부족함과 한계를 더 잘 알게 된다. 그러나 그것을 인정하고 받아들이는 것이 진정으로 자신을 사랑하는 출발점이 된다.

타인을 사랑하는 것은 자신을 사랑하는 데서 시작된다. 자신의 부족함을 인정할 때, 우리는 타인의 부족함도 더 쉽게 받아들일 수 있다. 박 교수는 "따로 또 함께 잘 살아야 한다"는 메시지를 통해, 개인과 공동체의 균형을 유지하는 것이 중요하다고 강조한다. 이는 우리가 서로의 다름을 존중하면서도 조화로운 관계를 유지할 수 있음을 보여준다.

늙어가는 과정은 우리 자신과 타인을 사랑할 새로운 기회이다. 자신을 사랑하는 것은 자신의 삶을 받아들이고, 욕망과 욕심을 조율하며, 새로운 사건으로 삶을 채우는 것이다. 이러한 사랑은 타인과의 관계로 확장되어, 나이 듦이 삶을 더 깊고 풍요롭게 만드는 미학으로 이어진다. 늙음은 단순한 쇠퇴가 아니라, 사랑과 조화로운 삶을 위한 또 다른 시작이다.

안 보이고 안 들리는

사람들은 나이가 들면 시력과 청력이 약해지는 것을 불편함으로 받아들인다. 글씨가 흐릿하게 보이고 작은 소리가 잘 들리지 않으면, 삶의 질이 떨어진다고 생각하며 아쉬움을 느낀다. 하지만 나는 이러한 변화를 불편함이 아닌 자연의 순리로 바라본다. 나이가 들면서 모든 것을 보고 모든 것을 들으려 하지 않는 것이야말로 인생의 새로운 지혜이며, 이를 통해 더 평온하고 조화로운 삶을 살 수 있다고 믿는다.

젊은 시절에는 모든 것을 보고, 모든 것을 들으려고 노력한다. 새로운 경험과 지식을 얻기 위해 세상의 모든 소식과 자극을 쫓는다. 하지만 모든 것을 알고자 하는 욕구는 때때로 불안과 스트레스를 동반한다. 세상에는 내가 통제할 수 없는 일들이 많고, 모든 정보를 이해하기엔 우리가 감당하기 어려울 때도 있다. 나이가 들면서 자연스럽게 시야가 좁아지고, 소리가 희미해지는 것은, 오히려 이러한 과잉 정보로부터 나를 보호하는 자연의 방식이라 볼 수 있다. 이는 내가 진정으로 보고 싶은 것, 듣고 싶은 것에 집중할 기회를 준다.

예를 들어, 나이가 들수록 사람들은 자신에게 더 소중한 것들에 집중하게 된다. 가족의 미소, 친구와의 따뜻한 대화, 자연 속에서 들리는 새소리와 같은 사소한 행복이 더욱 중요해진다. 반면, 외부의 불필요한 소음이나 스트레스 유발 요인들은 멀어지게 된다. 이는 단순히 신체적 변화가 아니라, 삶의 본질을 깨닫게 되는 과정이다. 우리는 모든 것을 알아야 행복해지는 것이 아니라, 중요한 것을 선택적으로 보고 들을 때 오히려 마음의 평안을 얻을 수 있다.

나이가 들면서 자연스럽게 찾아오는 이러한 변화는 삶의 지혜를 얻는 기회다. 보이지 않고 들리지 않는 것을 불편함으로 여기기보다, 내가 선택적으로 집중할 수 있는 자유라고 받아들이는 태도가 필요하다. 모든 것을 알 필요가 없고, 모든 소리를 들을 이유가 없다. 이는 삶을 편안하게 하고, 불필요한 자극에서 벗어나 내면의 조화를 찾게 해준다.

나이가 들어 안 보이고 안 들리는 것은, 자연의 섭리이자 인생을 더 깊이 이해할 기회다. 중요한 것만 보고 들으며, 마음의 안정을 통해 조화로운 삶을 살 수 있는 길을 열어주는, 이 변화를 긍정적으로 받아들여야 한다. 이것이야말로 나이 듦이 주는 진정한 선물이다.

다초점 렌즈

 다초점 렌즈는 멀리 있는 사물과 가까이 있는 사물을 하나의 안경으로 모두 볼 수 있도록 설계된 혁신적인 도구다. 이 렌즈는 단순히 시각적 문제를 해결하는 도구에 그치지 않고, 삶을 대하는 태도에 중요한 영감을 제공한다. 우리가 인생을 살아가는 방식에도 다초점 렌즈처럼 유연한 시각과 태도가 필요하지 않을까? 돋보기처럼 가까운 것에만 집중하거나 근시 안경처럼 먼 것을 위주로 보는 대신, 상황에 따라 시선을 달리하며 삶을 바라보는 지혜가 필요하다.

 다초점 렌즈는 다양한 거리에서의 초점을 맞추기 위해 설계되었다. 이는 우리가 다양한 관점에서 삶을 바라보아야 한다는 점을 상징적으로 보여준다. 멀리 보는 렌즈는 미래를 계획하고 큰 그림을 볼 수 있게 한다. 장기적인 목표와 비전을 설정하는 데에는 이와 같은 멀리 보는 시각이 필수적이다. 반면 가까운 것을 보는 렌즈는 현재의 문제와 세부 사항을 놓치지 않도록 돕는다. 지금 여기에 집중하며, 작은 행동 하나하나가 삶에 미치는 영향을 이해할 때, 우리는 보다 실질적인 삶을 살아갈 수 있다.

다초점 렌즈는 이 두 가지 시각을 동시에 가능하게 하며, 균형 잡힌 삶의 태도를 제안한다.

삶에서 다초점 렌즈의 기능은 유연성과 밀접하게 연결된다. 상황에 따라 먼 곳을 보거나 가까운 곳을 보는 유연한 태도는 변화를 받아들이고, 다양한 환경에 적응하는 데 중요한 역할을 한다. 예를 들어, 직장에서는 장기적인 계획을 세우면서도, 하루하루의 업무를 충실히 수행해야 한다. 가족 관계에서도 먼 미래의 안정된 삶을 준비하면서, 현재의 소소한 순간들을 소중히 여길 줄 알아야 한다. 이러한 유연한 태도는 다초점 렌즈처럼 먼 곳과 가까운 곳을 모두 포괄하며, 우리의 삶을 더욱 풍요롭게 만들어 준다.

다초점 렌즈는 단순한 안경 이상의 의미를 지닌다. 그것은 우리의 시각적 문제를 해결할 뿐만 아니라, 삶을 바라보는 태도와 관점을 가르쳐 준다. 인생에서 돋보기나 근시 안경처럼 한쪽에만 집중하는 대신, 다초점 렌즈처럼 상황에 따라 유연하게 초점을 바꿀 줄 아는 지혜가 필요하다. 이러한 태도는 우리를 더 나은 선택으로 이끌고, 더 풍요롭고 균형 잡힌 삶을 살아갈 수 있게 한다. 다초점 렌즈는 단순히 눈을 위한 도구가 아니라, 인생을 위한 중요한 교훈을 준다.

신발

신발은 패션의 완성이다. 단순히 발을 보호하는 도구가 아니다. 그 사람의 개성과 선택을 드러내는 중요한 요소다. 아무리 멋진 옷을 입었다 해도 신발이 어울리지 않으면 전체적인 모습이 실패로 느껴질 수 있다. 신발이 패션의 완성을 결정짓듯, 인생에서도 마무리는 삶의 완성도를 결정짓는다. 그리고 이 마무리는 우리가 함께 갈 사람과의 관계 속에서 더욱 중요한 의미가 있다.

나는 자동차를 볼 때 가장 먼저 휠을 본다. 자동차의 휠은 그 차량의 디자인을 완성하는 중요한 부분이다. 신발이 패션의 완성이라면, 휠은 자동차 디자인의 핵심이다. 이를 통해 나는 삶의 마무리가 얼마나 중요한지 깨닫게 된다. 우리는 살아가며 수많은 시작과 과정을 경험한다. 하지만 아무리 멋진 시작과 과정이 있었더라도 마무리가 부족하다면, 그 경험은 온전히 빛을 발하지 못한다. 신발을 신는 것처럼, 삶의 상황에 맞게 적절한 선택과 준비로 마무리해야 한다.

삶의 과정마다 마무리는 단지 한 순간의 결단이 아니다. 그것은 지속적으로 상황에 맞춰 신발을 고르고, 옷을 입듯 삶의 고비마다 올바른 결정을 내려야 가능하다. 어떤 신발을 신느냐는 단순히 패션 선택이 아니라, 우리의 준비와 선택을 상징한다. 예를 들어, 삶의 어려운 순간에는 단단한 부츠가 필요할 수 있고, 가벼운 여정에는 편안한 운동화가 필요할 수 있다. 신발은 상황에 맞춘 선택을 상징하며, 삶의 여정에서도 우리는 각 상황에 적합한 태도와 결정을 내려야 한다.

마지막으로, 인생의 마무리는 혼자서 이룰 수 없다. 함께 걸어갈 사람들을 선택하고, 그들과 조화롭게 살아가는 것이 마무리를 완성하는 열쇠다. 좋은 신발은 발을 보호하고 여행을 돕듯, 좋은 관계는 우리의 인생 여정을 지탱하며, 목적지에 도달할 수 있게 한다. 우리는 각자의 신발을 신되, 함께 걸어갈 사람들과 조화를 이루며 완성된 여정을 만들어야 한다.

삶의 여정에서 중요한 것은 신발처럼 마무리를 제대로 준비하고 선택하는 것이다. 그리고 그 여정이 혼자가 아닌 함께 가는 길이 될 때, 우리의 인생은 더욱 빛나고 의미 있게 될 것이다. 인생은 옷과 신발처럼, 시작과 과정, 그리고 마무리가 조화롭게 이루어질 때 비로소 완성된다.

옷깃만 스쳐도 인연

"옷깃만 스쳐도 인연이다."는 우리의 삶 속에서 우연처럼 스치는 만남조차도, 의미가 있다는 깊은 가르침을 담고 있다. 이 속담은 단순한 접촉이나 스침이 아닌 그 만남이, 우리의 삶에 흔적을 남기고 서로의 존재에 영향을 미칠 수 있음을 상기시킨다. 우리가 스치는 수많은 사람들은 크고 작은 방식으로 우리의 인생에 흔적을 남긴다. 때로는 예상치 못한 방향으로 삶을 변화시키는 계기가 되기도 한다.

인연은 항상 거창하거나 드라마틱한 방식으로 시작되지 않는다. 가벼운 인사나 스쳐 지나가는 만남조차도, 그 자체로 소중한 인연이 될 수 있다. 처음에는 아무 의미 없어 보이는 만남이, 시간이 지나면서 중요한 관계로 발전하는 경우가 많다. 직장에서 마주친 동료, 여행 중 만난 낯선이, 혹은 한 번의 대화로 이어진 새로운 친구 등, 작은 만남이 쌓여 삶의 중요한 전환점이 되는 경우가 있다. 이는 우리가 마주치는 모든 관계를 소중히 여기고, 어떤 만남이든 감사하는 마음을 가져야 할 이유다.

"옷깃만 스쳐도 인연이다."라는 말은 모든 만남이 단순한 우연이 아니라는 의미를 담고 있다. 불교에서는 이를 '인연법(因緣法)'과 '연기법(緣起法)'으로 설명한다. 인연법은 모든 사건과 만남이 원인과 조건의 결합으로 이루어진다는 것을 의미한다. 반면, 연기법은 모든 존재와 현상이 상호 의존하며 독립적으로 존재할 수 없음을 가르친다. 따라서, 우리가 맺는 작은 인연도 서로의 삶에 깊은 영향을 미칠 수 있음을 이해하고, 매 순간 존중과 배려를 베푸는 것이 중요하다.

또한, 이 속담은 현재의 순간을 더욱 소중히 여기게 한다. 우리는 바쁜 일상에서 스쳐 지나가는 만남의 의미를 쉽게 간과할 수 있다. 하지만 "옷깃만 스쳐도 인연"이라는 말은, 우리의 삶 속에서 마주치는 모든 사람과 순간에 감사하는 태도를 가지게 한다. 지금의 작은 만남이 미래의 커다란 변화를 이끌 수도 있다는 가능성을 생각하면, 우리는 모든 관계를 더 깊고 진지하게 바라보게 된다.

"옷깃만 스쳐도 인연이다"는 우리 삶 속의 모든 만남이 의미가 있음을 깨닫게 한다. 크고 작은 만남을 통해 우리의 삶은 풍요로워지고, 관계 속에서 우리는 성장한다. 이 속담은 스치는 인연 속에서도 감사와 존중을 실천하라는 가르침을 주며, 우리의 삶을 더 따뜻하고 풍요롭게 만드는 지혜를 담고 있다. 모든 만남을 소중히 여기고 감사할 때, 우리의 삶은 인연으로 인해 더욱 빛날 것이다.

패스트 라이브즈(Past Lives)

2024년에 개봉한 영화 'Past Lives'는 어린 시절의 첫사랑이, 시간이 지나 성인이 된 뒤 다시 만나는 이야기를 통해 인연과 사랑의 본질을 탐구한다. 한국계 미국인 영화감독 셀린 송(Celine Song)의 연출 데뷔작으로, 이 영화는 제96회 아카데미 시상식 최우수 작품상 및 각본상 후보에 올랐다. 한국에서 개봉될 때 '패스트 라이브즈'라는 제목을 사용하였다.

인연은 서울에서 시작된다. 어린 시절의 첫사랑이었던 나영과 해성은 서로에게 특별한 존재였다. 그러나 나영의 캐나다 이민으로 둘은 자연스럽게 헤어지게 되고, 각자 다른 길을 걷는다. 시간이 흐르며 성인이 된 두 사람은 우연히 다시 서로의 삶에 연결된다. 노라로 이름을 바꾼 나영이 뉴욕에서 작가로 살아가고, 해성은 한국에 남아 평범한 삶을 이어간다. 12년간 그렇게 서로 다른 세계에서 살아가던 중, SNS를 통해 다시 소통을 시작하게 된다. 영화는 이들의 대화를 통해 첫사랑의 여운과 그리움이 여전히 남아 있음을 보여준다. 하지만 노라가 잠시만 연락을 끊자고 해서, 노라와 해성은 다시 12년 동안 만날 수 없었다.

영화의 클라이맥스는 해성이 뉴욕으로 노라를 찾아오면서 시작된다. 24년 만에 만난 두 사람은 어린 시절부터 현재까지 이어진 인연을 되돌아보며, 서로에게 어떤 의미였는지 생각한다. 하지만 영화는 단순한 재회의 기쁨에 머물지 않는다. 노라와 해성은 현실적 상황과 각자의 현재를 고려해야 한다. 사랑, 우정, 그리고 삶의 선택지들 사이에서 복잡한 감정을 느끼는 두 사람의 모습은 깊은 공감을 불러일으킨다. 그들의 재회는 과거를 추억하는 동시에, 현재와 미래에 대한 현실적인 결정을 내리는 과정이다.

'Past Lives'는 단순히 첫사랑의 재회를 그리는 영화가 아니다. 이 작품은 우리가 삶 속에서 만나는 사람들과의 관계가, 어떻게 우리의 정체성과 선택에 영향을 미치는지를 보여준다. 시간과 공간, 그리고 선택이라는 요소가 관계에 미치는 영향을 섬세하게 풀어내며, 관객들에게 "전생 혹은 인연이란 무엇인가"라는 질문을 던진다.

셀린 송 감독은 이 영화를 통해 인연이라는 주제가 사랑, 우정, 그리고 삶의 복잡한 선택을 어떻게 연결하는지 섬세하게 그려냈다. 단순한 감정 이상의 메시지를 전달하며, 우리의 삶 속에서 관계의 의미를 재정립하게 만드는 감동적인 영화다.

만나야 될 사람

"만나야 될 사람은 반드시 만난다고 들었어요. 전, 그걸 믿어요." 영화 '접속'에 나오는 이 대사는, 우연과 운명의 경계에 서 있는 사람들에게 깊은 울림을 준다. 이 말은 단순한 위로를 넘어, 우리가 관계를 맺는 방식과 삶의 방향성에 대한 철학적 사유를 담고 있다. 과연 우리는 정해진 운명에 따라 사람을 만나고, 그 관계 속에서 의미를 발견하는 것일까?

이 대사는 삶에서 우연히 만난 인연들이, 단순한 우연에 머물지 않고 특별한 이유를 지닌다는 믿음을 표현한다. 현대인은 분주한 일상에서 무수한 사람들을 스쳐 지나간다. 그중 몇몇은 특별한 방식으로 우리의 삶에 스며들며 깊은 관계를 형성한다. 누군가는 이런 만남을 운명이라고 부르지만, 또 다른 이들은 이를 우리의 선택과 행동이 만들어낸 결과로 본다. 그렇다면, 이런 만남은 운명의 필연인가, 아니면 우리의 의지가 만든 우연인가?

우연과 운명은 때로 대립적인 개념으로 보이지만, 서로를 보완하며 우리의 삶을 만들어간다. 우리가 삶에서 맺는 관계는 대개 예측할 수 없지만, 어떤 순간에는 반드시 찾아오는 것처럼 느껴진다. 예를 들어, 오랜 시간 떨어져 지내던 친구와 우연히 재회하거나, 낯선 곳에서 평생의 동반자를 만나는 일들은 우리에게 운명의 힘을 실감하게 한다. 이러한 경험은 삶에서 스쳐 지나가는 작은 인연조차도 중요한 의미를 지닌다고 믿게 만든다.

그러나, 운명은 단순히 기다린다고 찾아오는 것이 아니다. "만나야 될 사람"을 만난다는 믿음은 우리로 하여금, 끊임없이 사람들을 향해 마음을 열고 관계를 소중히 여기게 한다. 진정한 만남은 우연을 통해 시작되더라도, 그것을 지속시키는 것은 우리의 노력과 진심이다. 인간관계는 서로의 시간을 나누고 이해를 쌓아가는 과정에서 의미를 얻는다. 이는 운명적인 만남이 개인의 선택과 행동에 따라 성장할 수 있음을 보여준다.

"만나야 될 사람은 반드시 만난다."는 대사는, 단순한 위안 이상의 메시지를 전한다. 그것은 삶의 불확실성 속에서 우리가 신뢰를 가지고 살아가도록 돕는다. 우연과 필연의 경계에 서 있는 우리는 삶의 흐름을 받아들이면서도, 그 속에서 진정한 관계를 찾으려는 노력을 멈추지 않아야 한다. 운명처럼 보이는 만남도 결국 우리의 선택과 행동으로 완성되기 때문이다.

가방

　가방은 단순한 물건이 아니다. 우리의 일상과 추억을 담고, 언제 어디서든 우리와 함께한다. 아침에 짐을 챙기고 나설 때부터 집에 돌아와 가방을 내려놓을 때까지, 가방은 늘 곁에서 우리의 여정을 함께한다. 사랑도 마찬가지다. 사랑은 우리의 추억과 감정을 담아내며, 마치 가방처럼 우리의 삶을 더욱 풍요롭게 만드는 동반자다.

　가방은 우리 삶의 조각들을 담아낸다. 지갑, 책, 노트, 작은 선물 등 각자의 필요와 개성에 따라 다른 물건들이 가방 속에 자리한다. 이처럼 사랑도 각자의 삶 속에서 특별한 기억과 감정을 담는다. 기쁨, 슬픔, 설렘, 그리고 아픔까지 사랑은 다양한 감정의 조각들을 모아 우리 삶을 완성한다. 가방 속 물건들이 우리의 하루를 구성하듯, 사랑 속 추억과 감정들은 우리의 삶을 특별하게 만든다.

　가방은 늘 가까이에 있다. 지하철에서, 버스에서, 길을 걸으며 우리는 가방을 들거나 어깨에 멘다. 사랑도 마치 몸의 일부처럼 우리의 곁을 지킨다. 사랑은 우리가 어디에 있든, 무엇을 하든지 함께하며, 삶의 무게를 함께 나눠 든다. 때로는 가방이 무거워져도, 우리는 그것이 필요한 짐을 담고 있다는 것을 알기에 그 무게를 기꺼이 감내한다. 사랑도 때로는 부담스러울 만큼 무거울 수 있지만, 그 속에 담긴 소중한 것들을 알기에 우리는 사랑을 놓지 않는다.

가방은 시간이 지나며 우리의 흔적을 담아간다. 오래된 가방의 주름과 손때는 그 가방이 함께한 시간과 여정을 보여준다. 사랑 역시 시간이 지날수록 더 깊은 흔적을 남긴다. 함께한 추억과 쌓여가는 감정들은 우리의 삶에 고스란히 녹아든다. 가방이 낡아갈수록 더 애정이 깊어지듯, 사랑도 시간이 흐를수록 더 소중하게 느껴진다.

가방과 사랑은 우리의 삶을 함께하는 동반자다. 가방이 우리의 일상과 기억을 담아주듯, 사랑은 우리의 감정과 추억을 담아준다. 가방을 메고 하루를 시작하며 느끼는 안정감처럼, 사랑은 우리의 삶에 따뜻함과 안정감을 더한다. 가방이 삶의 동반자라면, 사랑은 마음의 동반자다. 우리는 가방을 통해 세상을 살아가고, 사랑을 통해 삶을 풍요롭게 한다. 가방처럼 사랑도 우리의 여정 속에서 늘 곁에 함께한다.

에어컨

    사람들은 농담처럼 에어컨을 발명한 미국 공학자 윌리스 캐리어(Willis Carrier)를, 인류를 구한 가장 위대한 발명가라고 부른다. 여름날의 뜨거운 더위 속에서 에어컨의 시원한 바람은 단순한 편안함을 넘어 구원의 느낌을 준다. 무더운 여름 에어컨이 선사하는 그 시원함은, 우리의 몸과 마음을 모두 가볍게 만든다. 마치 한순간 모든 피로가 날아가는 것처럼. 이런 경험을 할 때면 나도 누군가의 삶에 에어컨 같은 존재가 되고 싶다는 생각이 든다.

    사람들은 저마다의 더위를 안고 살아간다. 그것은 더운 날씨일 수도 있고, 삶의 고단함이나 인간관계의 갈등일 수도 있다. 각자 다른 이유로 더위에 지친 이들에게 시원한 바람을 선물할 수 있다면 얼마나 좋을까? 무더운 날씨 속에서 에어컨이 주는 쾌적함처럼, 힘든 상황 속에서도 사람들에게 작은 위안과 휴식을 줄 수 있는 사람이 되고 싶다.

    에어컨은 아무리 더운 날씨에도 묵묵히 자신이 할 일을 한다. 자신의 시원함을 통해 주변 환경을 쾌적하게 만들고 사람들에게 안정을 준다.

나도 그런 사람이 되고 싶다. 상대방의 고단함을 가볍게 만들어주고, 숨 쉴 틈을 줄 수 있는 존재. 때로는 한 마디 따뜻한 말이, 또는 작은 배려가, 더위에 지친 사람들에게 에어컨의 시원함처럼 느껴질 수 있다.

그러나 에어컨처럼 시원한 바람을 내보내기 위해서는 자신이 먼저 안정되고 편안해야 한다. 에어컨이 내부적으로 냉매를 순환시키며 열을 배출하듯, 나도 스스로를 돌보고 내면의 평화를 유지해야 한다. 그래야 비로소 누군가에게 시원함을 나눌 수 있다. 내가 지치고 더위에 눌려 있다면, 다른 사람에게 시원한 바람을 줄 수 없을 것이다.

누군가의 삶에 에어컨 같은 존재가 된다는 것은 단순한 역할이 아니다. 그것은 함께 살아가는 사람들에게 쉼과 위로를 주는 일이며, 그들의 삶에 긍정적인 영향을 미치는 일이다. 앞으로도 나 자신을 단단히 가꾸고, 주변 사람들에게 시원함과 편안함을 선물할 수 있는 존재로 살고 싶다. 우리가 살아가는 이 세상이 조금 더 시원하고 쾌적한 공간이 되도록, 나는 오늘도 조용히 나만의 시원한 바람을 준비한다.

4장 기억의 힘

기억의 힘

    2024년 노벨 문학상을 받은 한강 작가의 작품은, 과거와 현재, 생과 사의 경계를 넘나들며, 기억의 힘과 그것이 현재에 미치는 영향을 탐구한다. 작가의 문학 세계에서 과거는 단순히 지나간 시간이 아니라, 현재를 구성하는 중요한 요소로 작용한다. 이는 과거를 기억하고 반추하는 행위가 단지 개인적 성찰을 넘어, 현재를 바꾸고 미래를 창조할 수 있는 강력한 도구임을 보여준다.

    과거를 기억하는 것은 단순한 회상이 아니다. 그것은 상처와 아픔을 치유하고, 새로운 길을 모색하는 과정이다. 한강의 작품 속에서 죽은 자들은 산 자들에게 끊임없이 말을 걸며, 그들의 이야기는 현재의 삶에 스며든다. 이는 과거의 고통스러운 경험조차도, 단절되지 않고 현재와 연결되어 있음을 보여준다. 과거의 기억을 통해 우리는 개인과 사회의 잘못을 되짚고, 그로부터 교훈을 얻을 수 있다. 이를 통해 현재를 변화시키고 더 나은 미래를 향해 나아갈 힘을 발견할 수 있다.

    과거는 단지 반추의 대상이 아니라, 현재의 선택과 행동을 결정짓는 실질적인 영향력을 가진다. 한강의 작품에서는 과거의 한 순간이 현재와 미래를 완전히 바꾸는 힘으로 작용한다. 예를 들어, 인물들이 과거의 고통을 직면하고 화해하려는 과정은, 단지 개인의 치유를 넘어서 공동체 전체의 변화를 끌어낸다. 이는 과거를 외면하지 않고 마주할 때, 그것이 새로운 가능성으로 전환될 수 있음을 보여준다.

　기억은 단지 개인 차원에 머무르지 않는다. 사회적 기억은 공동체의 정체성을 형성하고, 공동체의 미래를 결정짓는 데 중요한 역할을 한다. 한강의 작품은 과거의 기억을 공유하고, 그 속에서 함께 치유와 화해의 길을 찾는 과정을 묘사한다. 이는 개인의 고통이 어떻게 공동체의 문제로 확장될 수 있는지를 보여주며, 이러한 과정을 통해 현재의 사회적 모순을 해결할 실마리를 제시한다. 과거의 잘못을 기억하고 인정하는 것은, 현재의 정의를 실현하는 첫걸음이다.

　이처럼, 한강의 작품은 과거를 기억하는 것이 단지 추억에 머무르지 않고, 현재를 바꾸고 미래를 새롭게 그리는 도구가 될 수 있음을 강조한다. 과거를 부정하거나 망각하는 것이 아니라, 그것을 직면하고 배우는 과정을 통해 우리는 더 나은 삶과 사회를 만들어갈 수 있다. 한강의 문학 작품은 우리에게 과거의 기억이 단순히 지나간 시간이 아니라, 현재를 살아가는 데 중요한 지침이 될 수 있음을 일깨워준다.

세월호

2016년의 세월호 참사는 한국 사회에 깊은 상처를 남겼다. 이는 단순한 사고가 아니라 안전 불감증, 구조 실패, 그리고 진실 규명의 어려움마저 드러낸 사회적 참사였다. 사고로 인해 희생된 이들의 가족과 생존자들은 물론, 국민 전체가 이 사건의 여파로 큰 트라우마를 겪었다. 세월호 참사를 기억하자는 목소리는 단순히 과거를 추모하는 행위를 넘어, 현재와 미래를 위한 다짐을 담고 있다.

참사가 발생한 직후, 많은 이들이 세월호를 기억하기 위해 노력했다. 유가족들은 진상 규명을 요구하며 거리에 나섰고, 시민들은 노란 리본을 달고 연대의 뜻을 표했다. 이는 단순한 추모를 넘어, 더 나은 사회를 만들기 위한 변화의 시작이었다. 세월호 참사는 비극적인 사건임과 동시에, 국민이 함께 목소리를 모아 행동한 사례로 기록된다. 이러한 움직임은 기억이 단순히 과거에 머무르지 않고, 현재와 미래를 향한 메시지로 이어질 수 있음을 보여준다.

세월호 참사를 기억하는 것은 사회적 책임은 물론 희망을 품는 일이

기도 하다. 참사 이후 이어진 다양한 활동은, 아픔 속에서도 연대와 치유의 가능성을 발견하게 했다. 희생자들의 이름을 부르고, 그들의 이야기를 나누는 과정은 단순히 과거의 고통을 되새기는 것이 아니다. 잃어버린 생명들을 통해 배우고 앞으로 나아가는 길을 모색하는 의미를 가진다. 기억은 희생자들을 단순한 숫자가 아니라, 살아 숨 쉬었던 개인들로 재조명하는 힘을 지닌다.

또한, 세월호 참사를 기억하는 일은 우리 사회가 성장할 수 있는 토대가 된다. 과거의 비극은 현재와 미래의 안전과 정의를 실현하기 위한 기회로 삼아야 한다. 세월호가 보여준 구조적 문제들을 개선하지 않는다면, 우리는 같은 아픔을 반복할 위험에 놓이게 된다. 기억은 단지 슬픔을 넘어, 변화와 발전을 이끄는 촉매제가 된다. 이를 통해 우리는 비극 속에서도 배우고 성장하며, 더 나은 사회를 향해 한 걸음씩 나아갈 수 있다.

세월호 참사를 기억하는 것은 단지 과거를 떠올리는 행위가 아니라, 현재와 미래를 바꾸기 위한 다짐이다. 희생자들의 희생이 헛되지 않도록, 우리는 그들의 목소리를 이어받아 더 안전하고 정의로운 사회를 만들어야 한다. 이는 우리 세대의 책임일 뿐만 아니라, 미래를 위한 희망이 될 것이다.

노란 리본

세월호 참사 이후, 노란 리본은 한국 사회에서 잊지 말아야 할 슬픔과 희망의 상징으로 자리 잡았다. 이 리본은 단순한 장식이 아니라, 참사의 피해자들을 추모하고 그들의 아픔을 기억하며, 더 나은 사회를 만들겠다는 다짐을 담고 있다. "잊지 않겠습니다"라는 문구와 함께 노란 리본은, 우리가 모두 잊지 않고 행동하라는 메시지를 조용하지만 강렬하게 전달한다.

노란 리본의 유래는 1970년대 미국으로 거슬러 올라간다. 베트남전쟁에 참전한 군인을 기다리는 가족들이 노란 리본을 집에 매달며, 가족이 무사히 돌아오길 기원한 데서 비롯되었다. 이후 노란 리본은 기다림과 희망, 그리고 연대의 상징으로 자리 잡았다. 세월호 참사에서도 이 리본은 희생자들의 안타까운 죽음을 기억하고, 생존자와 유가족의 아픔을 함께 나누기 위해 사용되었다. 노란 리본은 단순히 비극을 추모하는 것을 넘어, 우리가 잊지 말아야 할 가치를 상기시킨다.

'기억하자'는 단순히 과거를 떠올리는 행위가 아니다. 그것은 비극의 원인을 돌아보고, 이를 통해 더 나은 미래를 만들기 위한 다짐이다. 세월호 참사는 단순한 사고가 아니라, 우리 사회의 안전 불감증과 구조적 문제를 드러낸 사건이었다. 노란 리본은 우리가 그날의 교훈을 잊지 않고, 더 나은 사회를 위해 노력해야 함을 상징한다. 작은 리본 하나에 담긴 메시지는, 잊지 않음이 얼마나 강력한 변화를 불러올 수 있는지를 보여준다.

노란 리본은 또한 연대의 의미를 담고 있다. 누군가의 아픔을 함께 나누고, 그들이 잊히지 않도록 하는 것은 인간다움의 중요한 표현이다. 리본을 달고 있는 사람들은 서로에게 "우리는 함께 있다"는 메시지를 전하며, 고통을 나누고 공감하는 힘을 보여준다. 이러한 연대는 희생자와 유가족들에게 위로가 되고, 우리 사회가 더 안전하고 따뜻한 방향으로 나아가도록 이끄는 원동력이 된다.

노란 리본은 잊지 않겠다는 다짐의 상징이다. 우리는 이 작은 리본이 전하는 메시지를 가슴에 새기며, 비극의 기억을 미래의 희망으로 바꿔야 한다. 노란 리본은 우리에게 단순히 슬픔을 넘어, 행동과 변화를 요구한다. 잊지 않겠다는 다짐 속에서 우리는 더 나은 세상을 만들 수 있다. 이 리본은 잊지 않는 것이야말로 가장 큰 추모이자, 희생자들에게 우리가 할 수 있는 가장 큰 약속임을 일깨워준다.

아픈 역사

　‘정의기억연대’는 일제 강점기 위안부로 끌려갔던 여성들의 아픔을 기억하고, 그들의 정의를 되찾기 위해 설립된 단체다. 단체 이름에 들어간 ‘기억’이라는 단어는 단순히 과거를 떠올리는 것을 넘어, 역사를 올바르게 이해하고 그 의미를 되새기게 한다. 앞으로의 길을 모색하기 위한 다짐을 담고 있다. ‘기억’은 단순한 회상이 아니라, 아픈 역사를 잊지 않고 이를 통해 정의를 실현하며, 더 나은 미래를 만들기 위한 책임을 상징한다.

　기억은 역사를 지탱하는 힘이다. 우리는 과거의 아픔을 기억함으로써, 같은 비극이 반복되지 않도록 경계할 수 있다. 정의기억연대가 강조하는 ‘기억’은, 단순히 피해 여성들의 고통을 기록하는 데 그치지 않는다. 그것은 인권과 존엄성을 지키기 위한 사회적 다짐이며, 억압받고 침묵을 강요당한 이들의 목소리를 되살리는 행위다. 이러한 기억은 단순한 과거의 기록이 아니라, 현재를 살아가는 우리에게 책임과 행동을 요구한다.

아픈 역사를 기억하는 것은 쉬운 일이 아니다. 때로는 고통스럽고 불편할 수 있다. 그러나 기억하지 않으면, 우리는 같은 실수를 반복할 위험에 부닥친다. 역사를 잊는 것은 피해자의 고통을 외면하는 것이며, 그들의 목소리를 지워버리는 것이다. 정의기억연대는 이러한 위험성을 경계하며, 피해 여성들의 삶과 투쟁을 기록하고 이를 후대에 전달하는 역할을 맡고 있다. 그들의 활동은 기억을 통해 과거를 치유하고, 현재와 미래를 변화시키는 과정을 보여준다.

앞으로 우리는 어떻게 아픈 역사를 기억해야 할까? 기억은 단순히 과거에 머물러서는 안 된다. 그것은 행동으로 이어져야 한다. 위안부 피해자들의 아픔을 기억하는 것은 단순히 추모에 그치지 않아야 한다. 인권과 정의를 위해 우리가 무엇을 할 수 있는지 고민하고 실천하는 과정이어야 한다. 교육과 기록, 대화와 공감은 이러한 기억을 지속시키고 확장하는 중요한 방법이다. 우리의 삶 속에서 역사를 끊임없이 되새기고, 이를 바탕으로 더 나은 사회를 만드는 데 기여할 때, 기억은 그 진정한 가치를 발휘한다.

정의기억연대의 '기억'은 단순한 회상이 아니라, 정의와 인권을 위한 다짐이다. 우리는 아픈 역사를 잊지 않고, 이를 통해 더 나은 미래를 설계해야 한다. 기억은 우리를 성장시키는 힘이며, 고통 속에서도 희망을 찾게 해주는 열쇠다. 정의기억연대의 활동이 보여주듯, 기억은 과거를 치유하고 현재를 변화시키며, 미래를 밝히는 중요한 도구다.

폐차

여섯 해 가까이 같이했던 차를 오늘 폐차했다. 아내가 주로 운전하던 차이다. 출고한 지 16년밖에 되지 않았지만, 세월의 무게를 이기지 못하는지 계속 이상이 생기고 수리비가 들어갔다. 결국 시동이 걸리지 않아 견인차를 불러서 공업사로 보냈더니, 수리비 견적이 오히려 중고차 값보다 더 많이 나온다고 했다. 게다가 그렇게 고친 후에도 안전하게 탈 수 있다고 장담하기는 어렵다고 했다. 폐차하겠다고 공업사에 통보했다.

공업사로 보내면서 차를 견인차에 매달기 전부터 아파트 모퉁이를 돌아서 갈 때까지, 계속 사진과 동영상을 찍었다. 직감적으로 마지막이라는 것을 알았다. 짐을 꺼내러 공업사에 갔더니, 보닛은 열려 있고 배터리랑 엔진 쪽에 케이블과 호스들이 주렁주렁 매달려 있었다. 병원 중환자실에 온 것 같았다. 순간 울컥했지만, 직원이 볼까 봐 서둘러 차량 내부랑 트렁크에 있는 물건들을 챙겼다. 트렁크 문을 닫고 차에 손을 대며 인사했다. "잘 가. 고마웠어."

차의 마지막 모습을 보며 많은 감정이 교차했다. 단순히 금속과 기계로 이루어진 물건일 뿐이지만, 몇 년간 함께했던 시간이 스쳐 지나가며 아쉬움과 고마움이 동시에 느껴졌다. 우리가 무언가에 정을 느끼는 것은 그 물건이 가진 기능 때문만은 아니다. 일상에서 함께 한 순간들이 쌓이면서 애정이 생기는 것이다.

하지만 인간은 사람이든 물건이든, 언젠가는 헤어질 수밖에 없다. 과도한 애정이나 집착은 오히려 삶을 무겁게 만들 뿐이다. 아무리 아쉽고 애정이 깊더라도, 지나친 집착은 새로운 시작을 막는 걸림돌이 될 수 있다. 특히 지나간 것에 미련을 두는 것은 삶의 흐름을 방해할 수 있다. 지나간 순간에 집착하는 동안, 현재와 미래의 가능성은 놓치기 쉽다.

소중한 것과의 작별을 대하는 자세에 대해, 다시 한번 생각해 보게 되었다. 무언가를 소중히 여기는 마음과, 그와의 이별을 받아들이는 태도는 삶의 균형을 맞추는 데 중요하다. 언젠가 새로운 차를 만나게 되겠지만, 그것이 이전의 차를 대체할 수 있는 것은 아니다. 다만 새로운 관계 속에서 또 다른 추억을 만들어 가야 할 것이다.

비둘기호

　한때 한국 철도의 대표적인 완행열차였던 비둘기호는, 매 역마다 정차하며 사람들의 일상을 가까이에서 마주할 수 있는 기차였다. 무궁화호나 통일호처럼 빠르고 효율적이지는 않았지만, 비둘기호에는 느림 속에서만 발견할 수 있는 낭만과 따뜻함이 있었다. 요즘처럼 모든 것이 빠르게 돌아가는 시대에 비둘기호는 느림과 여유의 가치를 상기시키며, 우리의 인생과 사랑도 그러한 여정이 되어야 하지 않을까 하는 생각을 떠올리게 한다.

　비둘기호를 타고 가는 여행은 단순히 목적지에 도달하기 위한 이동이 아니었다. 천천히 지나가는 창밖의 풍경은 빠른 속도의 열차에서는 놓쳐버릴 소소한 아름다움을 담고 있었다. 역에 정차할 때마다 들려오는 소리, 기차 안에서 마주치는 다양한 사람들, 그리고 그들이 풀어내는 이야기들은 비둘기호를 타는 즐거움을 더했다. 사랑도 마찬가지다. 빠르게 결론에 도달하려는 마음보다는 천천히 서로를 알아가며 함께하는 순간을 즐기는 것이 중요하다. 느린 속도 속에서만 사랑의 진정한 아름다움과 깊이를 발견할 수 있다.

　비둘기호는 불편함을 감수해야 하는 기차였다. 좌석은 딱딱했고, 기다림은 길었으며, 무궁화호나 통일호가 지나가길 양보해야 했다. 그러나 그 불편함 속에서 우리는 더 많은 것을 경험할 수 있었다. 많은 부류의 사람들과 만나며, 그들의 이야기를 듣고, 서로 다른 삶을 이해하게 되는 경험은 비둘기호만이 줄 수 있는 선물이었다. 인생과 사랑도 종종 불편함과 기다림을 동반한다. 하지만 그 과정을 통해 우리는 더 깊이 성장하고, 진정한 연대와 공감을 배울 수 있다.

　요즘처럼 모든 것이 '빨리빨리'를 요구하는 시대에, 비둘기호는 우리에게 느림의 가치를 되새기게 한다. 인생과 사랑은 단순히 목적지에 도달하는 것이 아니라, 그 과정에서 얻는 경험과 배움이 더 중요하다. 비둘기호처럼 느린 속도로 주변을 바라보고, 다양한 사람들과 교류하며, 소소한 행복을 발견하는 것이야말로 진정한 삶과 사랑의 여정이 아닐까?

　비둘기호는 느림의 미학과 여유로움의 중요성을 가르쳐주는 상징적인 존재였다. 비둘기호를 타고 가던 그 시절처럼, 우리의 인생과 사랑도 천천히 주변을 살피며, 작은 기쁨을 찾아가는 여정이 되길 바란다. 느리고 불편한 여정 속에서 우리는 더 많은 것을 보고, 더 깊이 느끼며, 더 오래 기억할 수 있다. 비둘기호가 그랬듯 우리의 삶과 사랑도, 느림 속에서 진정한 아름다움을 찾아가는 여정이 되어야 한다.

임을 위한 행진곡

사랑도 명예도 이름도 남김없이
한평생 나가자던 뜨거운 맹세
동지는 간 데 없고 깃발만 나부껴
새날이 올 때까지 흔들리지 말자

세월은 흘러가도 산천은 안다
깨어나서 외치는 뜨거운 함성
앞서서 나가니 산 자여 따르라
앞서서 나가니 산 자여 따르라

　　1980년 광주 민주화 운동의 상징인 '임을 위한 행진곡'은, 추모를 통한 연대와 희생의 정신을 잘 나타내는 노래다. 이 곡은 단순한 추모가 아니라, 자유와 정의를 위한 투쟁의 연대를 노래하며, 희생을 통해 이루어진 민주주의의 가치를 새기게 한다. 가사의 한 줄 한 줄은 억압 속에서도 꺾이지 않았던 민중의 의지와, 앞으로 나아가자는 다짐을 담고 있다.

노래 속에서 "사랑도 명예도 이름도 남김없이 한평생 나가자던 뜨거운 맹세"라는 구절은, 개인적 이익이나 명예를 초월해 공동체를 위한 헌신을 상징한다. 이는 광주에서 목숨을 바친 사람들의 숭고한 희생을 떠올리게 한다. 그들의 희생은 단순히 과거의 사건으로 남지 않는다. 오늘날에도 우리는 이들의 정신을 이어받아, 사회적 불평등과 부조리를 극복하기 위해 연대해야 한다는 메시지를 던진다.

또한, "앞서서 나가니 산 자여 따르라"라는 구절은, 희생자들이 먼저 걸어간 길을 살아남은 사람들이 따라가야 한다는 책임을 상기시킨다. 참고로 여기서 '앞서서 나가니'는 나중에 바뀐 가사이고, 원래 가사는 '앞서서 죽으니'였다. 이는 단순한 추모를 넘어, 남은 자들이 희생을 헛되지 않게 하기 위한 행동을 촉구한다. 오늘날의 민주주의와 인권은 이러한 희생을 바탕으로 세워졌다. 그렇기에 이 곡은 단순히 역사적 노래가 아니라, 현재와 미래를 향한 지침서와도 같다.

'임을 위한 행진곡'은 우리의 과거와 현재를 연결하며, 더 나은 미래를 위한 연대와 희생의 의미를 되새기게 한다. 각자가 이 정신을 잊지 않고 자신의 자리에서 실천해 나간다면, 이 곡이 전하는 메시지는 영원히 빛날 것이다.

과거가 현재를 도울 수 있는가

"노벨문학상 수상자인 한강 작가는 '소년이 온다'를 준비하던 중, 1980년 5월 광주에서 희생된 젊은 야학 교사의 일기를 보고, "현재가 과거를 도울 수 있는가?" "산 자가 죽은 자를 구할 수 있는가?"라는 질문을 뒤집어야 한다는 걸 깨달았다고 합니다. 과거가 현재를 도울 수 있는가? 죽은 자가 산 자를 구할 수 있는가? 저는 이번 12.3 비상계엄 내란 사태를 겪으며, '과거가 현재를 도울 수 있는가?'라는 질문에 "그렇다."라고 답하고 싶습니다. 1980년 5월이 2024년 12월을 구했기 때문입니다."

더불어민주당 박찬대 의원은 2024년 12월 14일 대통령 탄핵소추안 연설에서, "과거가 현재를 도왔다"라는 역사적 통찰을 제시하며, 1980년 5월 광주가 2024년 12월의 대한민국을 구했다고 강조했다. 이 발언은 단순히 과거를 기리는 데 그치지 않는다. 오히려 과거의 희생과 연대가 현재를 넘어 미래까지 영향을 미칠 수 있음을 깨닫게 한다. 그럼에도 우리는 단순히 구호로 끝내서는 안 된다. 과거의 희생을 현재와 연결 짓고, 이를 바탕으로 어떻게 살아야 할지 고민해야 한다.

우리는 '어떻게 연대할 것인가?'라는 물음에 대해 깊이 고민해야 한다. 광주에서 시작된 연대의 정신은 특정 시대와 지역을 넘어 모든 이들에게 적용될 수 있다. 2024년의 정치적 혼란 속에서도 국민들은, 과거의 경험에서 연대의 중요성을 배울 수 있다. 이는 단순한 공감이나 위로를 넘어, 구체적이고 실질적인 행동을 요구한다. 연대는 단순히 슬로건에 머물지 않고, 제도적 개선과 지속적인 참여를 통해 현실로 구현되어야 한다.

1980년 5월의 광주와 2024년 12월의 대한민국은 단절된 시점이 아니라, 서로를 이어주는 연대의 끈으로 연결되어 있다. 과거가 현재를 구할 수 있었던 이유는 희생과 연대가 오늘날까지 살아있기 때문이다. 우리는 이 질문에 답하며, 개인의 삶과 사회적 책임을 조화롭게 발전시키는 방향으로 나아가야 한다. 그렇게 할 때, 역사가 남긴 교훈은 단순히 과거에 머물지 않고 미래를 열어갈 것이다.

과거와 현재를 잇는 연대의 중요성은 단순히 역사적 사건의 기억에 그치지 않는다. 그것은 현재의 위기를 극복하고 미래를 설계하는 데 필요한 구체적인 방향을 제시한다. 한강 작가의 질문, "과거가 현재를 도울 수 있는가?"는 단순한 철학적 명제가 아니라, 우리가 역사적 희생과 교훈을 어떻게 실천으로 연결할지를 묻는 실질적인 물음이다. 이는 단지 과거를 되새기거나 기리는 행위가 아니라, 그 교훈을 바탕으로 오늘의 현실에 어떻게 적용하고 변화를 만들어낼지를 고민하게 한다.

5장 함께 가는 길

함께 비를 맞는

신영복 선생의 에세이에 "돕는다는 것은 우산을 들어주는 것이 아니라 함께 비를 맞는 것입니다."라는 문구가 있다. 이는 사랑과 연대의 진정한 의미를 간결하면서도 깊이 있게 담고 있다. 이 문장은 단순한 도움의 형태를 넘어, 진정한 관계와 인간다움에 대해 성찰하게 한다. 사랑과 연대는 단지 물질적 지원을 제공하는 것을 넘어, 상대의 고통과 기쁨에 적극적으로 동참하는 행위를 요구한다.

사랑이란 무엇일까? 사랑은 단순히 누군가를 위로하고 보호하는 행위에 국한되지 않는다. 사랑은 상대의 감정에 공감하며, 그들의 삶의 무게를 함께 나누는 것이다. '비를 맞는다'는 표현은 사랑이 상대의 어려움에 함께하는 행위임을 상징적으로 보여준다. 상대가 느끼는 고통과 불안을 회피하지 않고, 그 자리에 함께 머무르며 그 비를 함께 맞아주는 것. 그것이 사랑의 진정한 본질일 것이다. 이는 사랑이 단지 따뜻함과 행복만이 아닌, 때로는 아픔과 불편함을 받아들이는 용기에서 비롯된다는 것을 의미한다.

연대 역시 마찬가지이다. 연대는 단순히 멀리서 지켜보며 응원하는 것이 아니라, 동일한 상황에 서서 그 무게를 함께 짊어지는 것이다. '우산을 들어주는 것'은 일시적인 보호를 상징한다. 반면 '함께 비를 맞는 것'은 그들의 현실을 있는 그대로 받아들이고, 그 속에서 함께 해결책을 찾아가는 과정을 나타낸다. 이는 연대가 단지 물리적인 지원에 그치지 않고, 감정적 정신적으로 함께하는 행위임을 강조한다. 연대는 고립된 개인을 연결하고, 서로의 존재를 통해 인간다움의 가치를 되새기게 하는 역할을 한다.

신영복 선생의 이 문장은 사랑과 연대의 본질을 압축적으로 표현하며, 우리가 어떻게 살아야 하는지에 대한 깊은 통찰을 제공한다. 진정한 사랑과 연대는 그저 도움을 주는 것에서 끝나지 않는다. 그것은 상대의 삶에 깊이 공감하고, 그들의 아픔과 기쁨을 함께 나누며 성장하는 과정이다. 이는 우리가 공동체의 일원으로서 서로에게 도움을 주고, 인간다움을 실천하는 방법을 보여주는 지침이라 할 수 있다. 결국, 비를 함께 맞는다는 비유는 인간관계의 본질을 이루는 사랑과 연대의 가장 진실한 형태라 할 수 있을 것이다.

언어의 온도

2016년에 출간되어 화제를 모았던 이기주 작가의 에세이 '언어의 온도'는, 말과 글이 가진 힘과 의미를 탐구하며, 우리의 언어가 얼마나 중요한 역할을 하는지 일깨워주는 책이다. 작가는 언어에도 온도가 있다고 말하며, 그 온도가 따뜻할 때 비로소 사람 간의 관계가 회복되고 삶이 풍요로워질 수 있음을 이야기한다. 일상에서 우리가 사용하는 언어가 누군가에게 위로와 용기를 주거나, 반대로 상처를 남길 수 있다는 점을 섬세히 풀어내며, 언어의 중요성과 책임을 강조한다. 이 책은 우리의 언어가 단순한 소통의 수단을 넘어, 관계를 형성하고 사람들을 연결하는 매개체임을 보여준다.

이 책은 말과 글의 힘을 다양한 사례를 통해 설명한다. 칭찬 한마디가 아이의 자존감을 높이고, 진심 어린 위로가 상처받은 사람에게 치유의 힘을 줄 수 있음을, 작가는 반복적으로 강조한다. 우리가 사용하는 언어가 상대방의 마음을 따뜻하게 만들거나, 차갑게 만들 수 있다는 사실을 일깨운다. 언어는 관계를 형성하고, 상호작용 속에서 사랑과 신뢰를 쌓는 중요한 도구다. '언어의 온도'는 말과 글이 단순한 의사소통을 넘어, 인간관계의 본질에 접근하는 통로임을 보여준다.

작가는 언어의 책임에 대해서도 깊이 논한다. 무심코 던진 말 한마디가 상대에게 깊은 상처를 줄 수 있기에, 우리의 언어는 신중하고 진정성 있어야 한다고 강조한다. 냉소와 비난이 만연한 현대사회에서 따뜻한 언어는, 사람들 사이의 벽을 허물고 관계를 회복시키는 열쇠가 된다. 책은 언어가 단순히 의사를 전달하는 도구를 넘어, 삶을 변화시키는 강력한 힘을 가지고 있음을 상기시킨다. 특히, 진심 어린 한마디가 얼마나 큰 변화를 만들어낼 수 있는지, 사례를 통해 설득력 있게 전달한다.

또한, '언어의 온도'는 언어가 가진 연쇄적인 영향을 조명한다. 따뜻한 말 한마디는 단지 한 사람에게만 영향을 미치는 것이 아니라, 그로 인해 또 다른 누군가에게 긍정적인 영향을 미칠 수 있다. 한 사람의 칭찬과 격려가 또 다른 사람의 하루를 밝게 만들고, 그 하루가 다시 누군가에게 전해질 때, 언어의 온도는 세상을 조금씩 따뜻하게 변화시킨다.

다음은 내가 좋아하는 구절이다. "흔히들 말한다. 상대가 원하는 걸 해주는 것이 사랑이라고. 하지만 그건 작은 사랑인지도 모른다. 상대가 싫어하는 걸 하지 않는 것이야말로 큰 사랑이 아닐까."

따뜻한 말 한마디

송정연 작가의 에세이 '따뜻한 말 한마디'는, 차가운 현대사회에서 말이 가진 힘을 조명하며, 따뜻한 말 한마디가 누군가의 삶에 얼마나 큰 변화를 불러올 수 있는지 보여준다. 작가는 우리가 매일 건네는 말들이 단순히 소통의 도구에 그치지 않고, 위로와 용기, 사랑을 전하는 매개체가 될 수 있음을 강조한다. 이 책은 다양한 사례를 통해 따뜻한 말이 인간관계와 삶에 미치는 영향을 섬세하게 풀어내며, 독자들에게 말의 온도가 가진 힘을 일깨운다.

따뜻한 말 한마디는 사랑의 시작이다. "수고했어" "괜찮아" "믿고 있어" 같은 짧은 말은, 상대방에게 위로와 지지를 전하며 마음을 열게 한다. 특히 현대사회처럼 경쟁과 냉소가 만연한 환경에서는, 이러한 말들이 더욱 중요하다. 따뜻한 말은 사람 간의 벽을 허물고, 서로를 이해하며 관계를 깊게 만든다. 작가는 우리가 일상에서 따뜻한 말을 건넴으로써, 세상이 조금 더 밝아질 수 있음을 상기시킨다.

이 책은 또한 따뜻한 말이 단순한 위로를 넘어, 삶의 변화를 끌어낸다고 말한다. 진심 어린 칭찬이나 긍정적인 말 한마디는 상대방의 자존감을 높이고, 새로운 도전을 시작하게 하며, 절망 속에서 희망을 찾게 만든다. 책 속 사례 중에는 오랜 시간 마음의 문을 닫았던 사람이, 누군가의 말 한마디로 새로운 삶을 시작한 이야기가 있다. 이러한 경험은 말이 단순히 감정을 전달하는 것을 넘어, 행동과 태도를 변화시키는 강력한 힘을 가지고 있음을 보여준다.

따뜻한 말은 한 사람에게만 영향을 미치는 것이 아니다. 말은 연쇄적으로 퍼져 나가 주변 사람들까지 변화시키는 힘을 지닌다. 예컨대, 한 사람의 긍정적인 말이 또 다른 사람에게 전해져, 그 사람의 하루를 밝게 만드는 모습을 상상해 보라. 말의 온도는 개개인을 넘어 사회 전체를 따뜻하게 만드는 중요한 원동력이다. 작가는 말이 가진 이 연쇄적인 힘을 통해, 세상이 조금씩 더 나아질 수 있다고 믿는다.

'따뜻한 말 한마디'는 우리가 매일 쓰는 말이 얼마나 중요한 도구인지 일깨워주는 작품이다. 차가운 세상 속에서 따뜻한 말은 사랑과 희망을 전달하며, 사람 간의 관계를 회복시키는 열쇠가 된다. 송정연 작가는 단순하지만 강력한 메시지를 통해, 우리에게 말의 진정성과 온도를 다시 생각해 보게 한다. 따뜻한 말 한마디는 세상을 변화시키는 가장 강력하고도 간단한 방법임을 이 책은 가르쳐준다.

우산

비를 맞는
사람에게 살며시 다가가
우산을 씌워준다

누군가에게
우산이 되어 준다는 것
참 행복한 일이다

비바람을 막아주는 우산

나도
이 세상 누군가를 위해
몸도 마음도 젖지 않게 해주는
다정한 우산이 되고 싶다

이문조 시인의 시 '그대의 우산'이다. 비 오는 날 우산을 나누는 순간은 단순한 친절을 넘어선 깊은 의미를 가진다. 이문조 시인의 이 시는 이런 나눔의 아름다움을 담고 있다. 비를 맞는 사람에게 살며시 다가가 우산을 씌워주는 일, 누군가의 비바람을 막아주는 존재가 된다는 것은, 단순한 도움을 넘어 사랑과 연대의 상징이 된다. 이 시를 읽으면 나 역시 누군가의 우산이 되어 비바람을 함께 견뎌내고 싶어진다.

우산은 비를 피하게 해줄 뿐 아니라 따뜻한 다정함을 전한다. 우리는 살아가며 크고 작은 비바람을 만나게 된다. 그 순간 누군가가 내게 다가와 우산을 씌워주는 따스함을 느낀다면 얼마나 큰 위로가 될까? 나도 누군가의 하루를 비바람에서 지켜주는 다정한 우산이 되고 싶다. 힘들고 지친 사람들에게 다가가 따뜻한 말 한마디, 작은 도움의 손길을 건네는 삶이야말로 진정한 행복이 아닐까 싶다. 다정한 우산 같은 마음으로 서로를 아끼고 돌보며 살아가는 세상을 꿈꾼다.

혼자인가 함께인가

헬렌 켈러(Helen Keller)의 말 "Alone we can do so little; together we can do so much. 혼자서는 우리가 할 수 있는 일이 매우 적지만, 함께하면 우리는 훨씬 더 많은 일을 할 수 있다."는, 협력과 연대의 힘을 강조하며 개인의 한계를 넘어서는 공동체의 중요성을 일깨운다. 이 말은 단순히 효율성을 넘어, 인간관계와 공동체적 가치를 다시금 생각하게 한다. 우리는 혼자일 때 한계에 부딪히지만, 함께한다면 그 한계를 뛰어넘어 더 큰 목표를 이룰 수 있을 것이다.

혼자서 할 수 있는 일은 제한적이다. 개인은 자신의 능력과 자원으로만 문제를 해결해야 하며, 많은 시간과 노력이 필요할 수 있다. 하지만 함께 일할 때 각자의 강점이 모여 시너지를 발휘한다. 한 사람이 부족한 부분은 다른 사람이 채울 수 있으며, 이는 더 나은 결과를 만들어낸다. 예를 들어, 프로젝트팀에서는 구성원들의 다양한 전문 지식이 조화를 이루어 복잡한 문제를 해결할 수 있다. 이는 협력의 힘이 단순한 업무 분담을 넘어, 창의성과 효율성을 키운다는 것을 보여준다.

우리는 또한 협력과 연대를 통해 더 나은 사회를 만들어갈 수 있다. 예컨대, 환경 문제나 사회적 불평등과 같은 글로벌 도전 과제는 개개인의 노력만으로 해결할 수 없다. 그렇기에 다양한 집단과 공동체가 힘을 합치면 더 큰 변화를 만들 수 있다. 이러한 협력은 단순히 공동의 목표를 이루는 데 그치지 않고, 사회적 통합과 상호 이해를 증진하는 계기가 된다. 이는 개인의 역할을 넘어, 우리가 함께 책임을 지고 미래를 만들어가야 함을 강조한다.

또한, 협력은 교육과 성장의 기회를 제공한다. 다양한 배경과 관점을 가진 사람들과 함께 일하면서, 우리는 새로운 지식과 기술을 배울 수 있다. 이는 개인의 역량을 강화할 뿐만 아니라, 사회 전체의 창의성과 문제 해결 능력을 향상하는 데 기여한다. 특히 다문화 사회에서는 서로 다른 문화와 경험이 융합되어, 혁신적인 아이디어가 탄생할 수 있다. 이러한 과정은 단지 공동체적 성취를 넘어, 개인의 내적 성장을 이끄는 중요한 원동력이 된다.

"Alone we can do so little; together we can do so much."라는 말은, 협력과 연대가 우리 삶에서 얼마나 중요한지 일깨워준다. 혼자만의 성취는 제한적이지만, 함께한다면 더 큰 성과를 이룰 수 있다. 이는 단순한 효율성의 문제가 아니라, 우리가 인간으로서 서로를 필요로 하는 이유를 설명해 준다. 헬렌 켈러의 이 말은 개인의 노력과 공동체의 힘을 조화롭게 활용하여, 더 나은 세상을 만들어가야 한다는 메시지를 담고 있다.

누군가와 나누는 가치

"To get the full value of joy you must have someone to divide it with. 즐거움의 가치를 완전히 누리기 위해서는, 나눌 누군가가 있어야 한다." 미국 소설가 마크 트웨인(Mark Twain)의 말이다. 진정한 즐거움의 가치는 혼자가 아닌 누군가와 나눌 때 완성된다. 인간은 사회적 존재로 태어나, 관계 속에서 성장하고 삶의 의미를 찾는다. 아무리 크고 아름다운 경험이라도 그것을 나눌 사람이 없다면, 그 기쁨은 반감될 수밖에 없다. 삶은 혼자서도 충분히 살아갈 수 있지만, 누군가와 함께할 때 비로소 풍요로워진다.

사람과의 관계는 우리의 감정을 증폭시킨다. 기쁠 때 함께 웃고, 슬플 때 곁에 있어 주는 사람은 삶의 무게를 덜어주는 동시에 행복을 키운다. 예를 들어, 여행 중 아름다운 풍경을 보며 느끼는 감동도, 그 순간을 함께 나눌 친구나 가족이 있을 때 더욱 깊어진다. 이처럼 즐거움을 공유한다는 것은 단순히 감정을 나누는 것이 아니라, 서로의 삶을 연결하고, 기억 속에서 오래도록 남는 소중한 순간을 만드는 과정이다.

관계는 우리가 성장할 수 있는 계기를 제공한다. 다른 사람과 함께하면서 우리는 새로운 관점을 배우고, 자신을 되돌아보며, 더 나은 사람이 될 기회를 얻는다. 누군가와의 대화, 협력, 갈등을 통해 우리는 더 깊은 이해와 공감을 배우게 된다. 이런 관계는 우리의 정서적 안정과 자아실현에도 큰 도움을 준다. 결국, 우리가 다른 사람과 함께할 때 더 나은 모습으로 변화할 수 있다.

누군가와 함께한다는 것이 항상 쉽지만은 않다. 갈등과 오해, 그리고 각자의 차이는 관계를 어렵게 만들기도 한다. 그러나 이러한 도전 역시 삶의 일부다. 갈등을 해결하고, 차이를 수용하며, 서로를 이해하려는 노력 속에서 우리는 더욱 단단해진다. 이러한 경험들은 우리를 더 풍요롭고 깊은 인생으로 이끈다.

마크 트웨인의 말은 단순한 즐거움의 나눔을 넘어, 인간 존재의 본질을 상기시킨다. 우리는 누군가와의 관계를 통해 자신의 삶을 완성하고, 진정한 행복을 발견한다. 관계 속에서 우리는 사랑, 우정, 그리고 믿음을 배운다. 이는 우리를 인간답게 만드는 중요한 요소이며, 인생을 살아가는 데 있어 결코 빼놓을 수 없는 부분이다.

누군가와 함께한다는 것은 때로 도전일지라도, 그 안에서 발견되는 기쁨과 성장의 가치는 헤아릴 수 없을 만큼 크다. 진정한 즐거움은 나눔에서 비롯되며, 그 나눔은 삶을 더욱 풍요롭고 의미 있게 만든다.

함께 있으면 좋은 사람

그대를 만나던 날
느낌이 참 좋았습니다

착한 눈빛, 해맑은 웃음
한 마디, 한 마디의 말에도 따뜻한 배려가 담겨 있어
잠시 동안 함께 있었는데
오래 사귄 친구처럼
마음이 편안했습니다

내가 하는 말들을
웃는 얼굴로 잘 들어주고
어떤 격식이나 체면 차림 없이
있는 그대로 보여주는
솔직하고 담백함이 좋았습니다

그대가 내 마음을 읽어주는 것 같아

둥지를 잃은 새가

새 보금자리를 찾은 것만 같았습니다

　용혜원 시인의 시 '함께 있으면 좋은 사람'의 앞부분이다. 이 시는 따뜻한 눈빛과 배려가 사랑의 시작과 관계의 본질임을 보여준다. 시에서 묘사된 착한 눈빛과 해맑은 웃음은 상대를 향한 관심과 애정의 표현으로, 마음의 문을 여는 열쇠와도 같다. 사랑은 이러한 따뜻한 시선에서 시작되며, 서로의 존재를 인정하고 소중히 여기는 태도에서 비롯된다.

　시인은 상대방과의 만남에서 느꼈던 편안함과 솔직함을 강조한다. 격식이나 체면을 차리지 않고 있는 그대로의 모습을 보여주는 상대방의 태도는, 진정한 사랑과 신뢰를 쌓는 밑바탕이 된다. 이러한 태도는 우리가 사랑을 시작할 때 필요한 기본적인 자세를 상기시킨다. 상대방의 말에 귀 기울이고 진심 어린 배려를 보여주는 것은, 단순한 예의가 아니라 관계를 깊게 만드는 중요한 요소다. 사랑은 단순히 감정에서 끝나는 것이 아니라, 행동으로 실천되는 것이기 때문이다.

등대

어두운 바다 한가운데서 멀리까지 빛을 비추는 등대는 배들에게 항로를 제시하며, 그들의 목적지로 안전하게 나아가도록 돕는다. 등대는 스스로 움직이지 않지만, 그 자리에 존재하는 것만으로도 선원들에게 큰 안도감을 준다. 나 또한 누군가의 인생 항로에서 등대 같은 존재가 되고 싶다. 직접 그들의 문제를 해결해 주지는 못하더라도, 길을 잃고 방황하는 순간에 작은 빛을 비추는 사람이 되고 싶다.

등대는 밤의 고요 속에서 홀로 빛난다. 그 빛은 강렬하거나 화려하지 않지만, 꾸준히 주변을 비추며 배들이 방향을 잡을 수 있도록 돕는다. 인간관계에서도 우리는 이와 같은 역할을 할 수 있다. 세상은 때로 어두운 바다와 같다. 많은 사람들이 인생의 방향을 잃고 방황하며, 어디로 나아가야 할지 몰라 불안해한다. 이런 순간에 작은 조언이나 따뜻한 말 한마디가, 등대의 불빛처럼 누군가에게 큰 위로와 지침이 될 수 있다.

등대는 변함없이 제자리를 지킨다. 폭풍이 몰아치고 파도가 거세게 밀려와도, 등대는 흔들리지 않고 빛을 밝힌다. 우리도 인생에서 이런 꾸준함과 안정감을 제공할 수 있는 사람이 되어야 한다. 누군가에게 의지할 수 있는 존재로 남기 위해서는, 자기 내면을 단단히 가꾸는 일이 선행되어야 한다. 나 자신이 흔들리지 않을 때, 다른 사람에게 진정으로 도움이 될 수 있다.

또한, 등대는 자신을 위해 빛을 밝히지 않는다. 그 빛은 오로지 다른 사람들을 위한 것이다. 이타적인 삶의 태도를 상징하는 등대는, 우리에게 중요한 교훈을 준다. 내 삶의 빛이 타인의 안전과 행복에 기여할 수 있다면, 그것만으로도 삶의 의미는 충분하다. 나는 다른 사람들에게 더 나은 선택을 할 수 있는 용기를 주고, 어려운 상황에서도 희망을 발견할 수 있도록 돕는 사람이 되고 싶다.

등대는 멀리 떨어진 바다에서도 뚜렷한 존재감을 드러낸다. 나 또한 삶의 어느 순간, 누군가의 기억 속에서 등대 같은 사람으로 남고 싶다. 어둠 속에서도 빛을 잃지 않고, 그 자리를 지키며 다른 이들의 길을 밝히는 삶. 그것이 내가 바라는 아름다운 삶의 모습이다.

가습기

　가습기는 실내의 건조함을 막아주는 소박한 가전제품이다. 건조한 공기 속에서 우리의 피부와 호흡기가 힘들어지듯, 인간관계에서도 때로는 건조함과 서먹함이 찾아온다. 인간은 사회적 동물로서 끊임없이 서로의 온기와 소통을 필요로 하지만, 관계가 메마르고 갈라질 때 그 균열은 점차 깊어질 수 있다. 나는 이와 같은 상황에서 가습기처럼 관계의 습도를 유지하며, 사랑과 연대를 촉촉이 적시는 삶을 살고 싶다.

　가습기는 단순히 물을 공기 중에 분산시키는 도구에 불과하지만, 그 역할은 대단히 중요하다. 실내 습도를 적절히 유지함으로써 사람들의 건강을 보호하고 쾌적한 환경을 만들어준다. 인간관계에서도 이와 같은 역할이 필요하다. 가족, 친구, 동료 간의 관계에서 갈등이나 오해가 쌓이면, 우리는 점점 상대방과 거리를 두게 된다. 하지만 이때 관계를 복원하고 촉촉하게 유지하려는 적은 노력, 예를 들어 사소한 안부 인사나 따뜻한 말 한마디가 가습기처럼 중요한 역할을 한다. 이 작은 행동들은 단순해 보이지만, 서로 간의 신뢰와 연대를 회복하는 데 큰 힘을 발휘한다.

가습기의 역할은 물이 공급될 때만 지속된다. 인간관계도 마찬가지다. 가습기가 물 없이 작동할 수 없듯, 관계도 지속적인 관심과 노력 없이는 유지될 수 없다. 사랑과 연대는 자연스럽게 주어지는 것이 아니라, 의식적이고 꾸준한 노력을 통해 만들어진다. 우리는 때때로 상대방의 마음을 적시는 물 한 방울을 제공함으로써, 관계 속의 건조함을 덜어줄 수 있다. 이 물 한 방울은 상대의 말을 경청하거나, 진심 어린 위로를 건네는 작은 행동으로 표현된다.

가습기는 사랑과 연대의 상징이다. 나는 인간관계 속에서 이 가습기처럼 기능하며, 주변 사람들의 삶에 따뜻함과 생기를 더하고 싶다. 내 행동이 관계의 건조함을 덜어주고, 누군가의 마음에 촉촉한 온기를 더할 수 있는 것이 내가 꿈꾸는 삶이다. 가습기는 우리에게 단순한 물건 이상으로 중요한 교훈을 준다. 그것은 우리가 서로를 위해 무엇을 할 수 있는지, 그리고 얼마나 쉽게 관계를 변화시킬 수 있는지를 상기시킨다.

사랑과 연대는 인간관계를 촉촉이 적시는 물과 같다. 나는 삶 속에서 이러한 촉촉함을을 공급하는 가습기가 되어, 나와 타인의 삶을 더욱 풍요롭게 만들고 싶다.

길을 찾는 이

"내가 밝히는 빛이 환하지 않아도, 그로써 길을 찾는 이가 있다." 채근담의 이 구절은 우리가 비록 큰 업적을 이루지 못하거나 눈에 띄지 않는 존재일지라도, 우리의 작은 행동과 빛이 다른 이들에게 영향을 미칠 수 있음을 일깨운다. 이는 겸손과 자기 존재에 대한 긍정적 인식을 통해, 우리가 살아가며 타인에게 줄 수 있는 가치와 힘을 강조한다.

우리의 행동과 말은 생각보다 큰 영향을 미친다. 우리는 종종 자신의 능력이나 존재가 미미하다고 느끼지만, 작은 행동이 다른 사람에게 큰 영향을 미칠 수 있다. 따뜻한 말 한마디, 작은 배려, 진심 어린 응원은 누군가에게 삶의 방향을 제시하거나, 힘든 순간을 이겨낼 용기를 줄 수 있다. 채근담의 이 구절은 우리가 가진 빛이 크고 환하지 않아도, 누군가에게 길을 밝혀주는 등불이 될 수 있음을 보여준다.

이 말은 또한 겸손의 가치를 일깨운다. 빛의 크기나 밝음은 중요하지 않다. 중요한 것은 그 빛이 누군가를 돕고, 삶의 방향을 제시하는 데 사용된다는 점이다. 겸손하게 자신을 낮추더라도, 우리의 존재와 노력이

다른 이들에게 의미 있는 영향을 줄 수 있다면 진정한 가치가 있다. 채근담은 우리의 삶이 반드시 화려하거나 눈에 띄어야만 가치 있는 것이 아님을 상기시키며, 작은 빛이라도 타인을 도울 수 있음을 가르친다.

이 구절은 현대사회에서도 큰 울림을 준다. 사회가 경쟁과 성취를 강조할수록, 우리는 자신이 충분하지 않다고 느낄 때가 많다. 그러나 이 말은 우리 각자가 가진 작고 소중한 빛이, 다른 사람의 삶을 풍요롭게 할 수 있음을 상기시킨다. 우리의 작은 행동이 모여 더 큰 변화를 만들 수 있으며, 이러한 변화는 사람들에게 희망과 용기를 불어넣는다.

채근담의 이 구절은 우리의 존재가 크고 화려하지 않더라도, 누군가에게는 길을 밝혀주는 소중한 빛이 될 수 있음을 알려준다. 우리는 작은 빛으로도 타인에게 도움을 줄 수 있고, 그 빛이 모여 세상을 더욱 밝게 만들 수 있다. 이는 우리의 삶이 다른 사람과 연결되어 있음을 상기시키며, 겸손과 따뜻한 마음으로 살아갈 때 더 큰 가치를 창출할 수 있음을 가르쳐준다. 작은 빛이 모여 세상을 밝히듯, 우리의 작은 행동들이 더 나은 세상을 만드는 시작이 될 것이다.

이정표

이정표는 운전 중 길을 잃지 않게 해주는 중요한 기준이다. 요즘에는 내비게이션이 일반화되어서, 음성 안내나 화면에 나오는 방향 표시에 따라 운전한다. 그렇지만 여전히 이정표는 운전할 때 중요한 정보를 제공한다. 잘 보이는 이정표는 운전자에게 방향과 목적지를 명확히 알려주며 안전한 운전을 돕는다. 이는 단순히 교통수단에만 해당하지 않는다. 우리 삶에서도 이정표 같은 기준과 목표는, 올바른 방향을 제시하는 역할을 한다. 특히 의미 있는 삶을 살기 위해서는, 자기 삶이 다른 사람들에게도 이정표가 될 수 있어야 한다.

삶의 이정표는 우리가 어디로 가고 있는지, 그리고 무엇을 추구하고 있는지를 명확히 보여준다. 명확한 가치와 목표를 설정한 사람은, 자신만의 이정표를 따라 흔들림 없이 앞으로 나아간다. 이러한 사람들은 삶의 중요한 순간마다, 자신이 세운 기준을 돌아보며 방향을 확인한다. 예를 들어, 사회적 책임을 실천하거나, 배려와 공감을 중시하는 태도는 개인의 이정표가 될 수 있다. 이정표는 단순히 개인적인 삶의 기준을 넘어,

다른 사람들에게도 나침반과 같은 역할을 할 수 있다.

다른 사람들에게 이정표가 되는 삶은 단순히 자신만을 위해 사는 것이 아니라, 타인의 삶에 긍정적인 영향을 미치는 삶이다. 이는 일상 속 작은 행동에서도 나타날 수 있다. 정직하고 성실한 태도로 일하는 사람은, 주변 사람들에게 모범이 되고 선한 영향력을 미친다. 또한, 어려운 상황에서도 흔들리지 않고 원칙을 지키는 모습은, 타인에게 깊은 인상을 남기고 삶의 본보기가 될 수 있다. 이러한 삶은 단순히 자신만의 행복을 넘어, 다른 사람들의 길을 밝혀주는 역할을 한다.

현대 사회에서 개인주의와 경쟁이 팽배해 있는 상황에서도, 우리는 다른 사람들에게 이정표 같은 존재가 될 수 있다. 이는 특별한 업적이 아니라, 일상에서 나눔과 배려, 정직을 실천하는 데서 시작된다. 이정표 같은 삶은 타인의 길을 밝히는 동시에, 자기 삶의 방향을 더욱 견고하게 한다. 결국, 삶의 이정표는 단순히 나 자신을 위한 것이 아니라, 서로를 연결하고 함께 나아가기 위한 도구가 된다.

삶의 여정에서 이정표는 방향을 잃지 않게 해주는 나침반이다. 우리는 자신만의 이정표를 설정하고 이를 타인과 공유할 때, 보람 있는 삶을 살아갈 수 있다. 다른 사람들에게 좋은 영향을 미치는 삶은, 그 자체로 보람과 의미를 더해준다. 삶의 이정표가 나와 타인에게 밝은 길을 비출 때, 우리는 더 나은 세상을 향해 함께 나아갈 수 있다.

유붕자원방래(有朋自遠方來)

"유붕자원방래, 불역낙호(有朋自遠方來, 不亦樂乎)." 공자의 이 말은 "먼 곳에서 친구가 찾아온다면, 이 또한 즐겁지 않겠는가?"라는 의미로, 우정이 주는 기쁨과 삶의 의미를 잘 담아내고 있다. 이 짧은 문구는 단순히 친구를 만나는 기쁨을 넘어, 인간관계 속에서 우정이 얼마나 중요한 위치를 차지하는지를 우리에게 상기시킨다. 우정은 우리가 삶의 풍요로움을 느끼고, 어려운 순간에도 힘을 낼 수 있게 만드는 소중한 자산이다.

우정은 단순한 만남이나 대화 이상의 가치를 지닌다. 먼 곳에서 찾아온 친구가 주는 기쁨은 단순한 재회의 즐거움을 넘어, 그 관계가 시간과 공간을 초월해 지속되고 있음을 확인하는 데 있다. 친구란 서로의 존재를 인정하고, 기쁨과 슬픔을 함께 나누는 동반자다. 공자는 이러한 우정이야말로 인간이 누릴 수 있는 큰 즐거움 중 하나라고 보았다. 친구와의 만남은 우리가 외롭지 않다는 사실을 느끼게 해주며, 삶의 가장 고귀한 감정을 경험하게 한다.

우정은 또한 삶의 어려움을 이겨내는 힘을 준다. 먼 길을 찾아와주는 친구는 단순한 방문객이 아니라, 우리의 삶에 에너지를 주는 존재다. 힘든 시간을 겪을 때 진심으로 손을 내밀어 주는 친구의 존재는, 그 자체로 치유와 위로가 된다. 우정은 단순히 즐거움을 공유하는 것을 넘어, 서로를 지탱하며 성장할 수 있는 관계다. 공자의 말처럼, 친구가 찾아오는 순간은 단순히 물리적인 방문이 아니라, 서로에게 삶의 기쁨을 더해주는 특별한 순간이다.

오늘날 바쁜 현대사회에서 우정은 때로 소홀히 여겨질 수 있다. 그러나 공자가 말한 것처럼, 친구와의 만남이 주는 기쁨은 시간이 지나도 변하지 않는 가치다. 우리는 일상에서 친구와의 관계를 소중히 여기고, 그들과의 시간을 통해 인생의 진정한 의미를 발견할 수 있다. 서로의 존재를 기뻐하며 관계를 유지하는 것이야말로 진정한 우정의 본질이다.

"유붕자원방래(有朋自遠方來)"라는 공자의 말은 우정이 단순한 관계를 넘어, 삶을 풍요롭게 만드는 중요한 가치임을 일깨운다. 친구와의 만남은 우리에게 기쁨을 주고, 어려운 순간에도 함께할 힘을 준다. 우정은 인간관계의 본질을 담고 있으며, 이를 소중히 여길 때 우리의 삶은 더욱 빛난다. 공자의 지혜는 우리가 오늘날에도 우정의 중요성을 되새기며, 친구라는 삶의 동반자와 함께 더 나은 인생을 만들어가게 하는 길을 제시한다.

자선냄비

연말이면 어김없이 거리에서 울리는 구세군 자선냄비의 종소리는, 사람들의 마음을 따뜻하게 한다. 이 기부 운동의 시작은 1865년 영국에서 윌리엄 부스(William Booth) 목사가 설립한 구세군(The Salvation Army)에서 비롯되었다. 구세군은 가난하고 소외된 사람들을 돕기 위해 기독교 신앙에 기반한 봉사 활동을 펼쳐왔다. 구세군의 정신은 물질적 지원을 넘어 사랑과 희망을 전달하며, 인간의 존엄성을 회복시키는 데 있다.

구세군의 자선활동은 단순한 기부를 넘어 삶의 변화로 이어진다. 초기에는 거리에서 설교와 식량 제공으로 시작했으나, 점차 교육, 의료, 재활 등의 다양한 분야로 확장되었다. 자선냄비 운동은 1891년 미국 샌프란시스코에서 시작되어, 세계 각국으로 퍼져 나갔다. 거리에서 울리는 작은 종소리는 사람들에게 나눔의 중요성을 상기시키며, 작은 기부가 큰 변화를 만들 수 있다는 메시지를 전한다.

구세군의 정신은 "하느님을 섬기며 이웃을 사랑하라"는 기독교의 가르침에 깊이 뿌리내리고 있다. 이는 모든 인간이 존엄성을 가진 존재임을 인정하고, 어떤 상황에서도 사랑과 나눔을 통해 사회적 약자들을 돕는 것을 목표로 한다. 특히, 구세군은 단순히 물질적인 도움을 주는 것에 그치지 않고, 도움을 받은 사람들이 다시 자립할 수 있도록 돕는 데 초점을 맞춘다. 이러한 노력은 단순한 자선활동을 넘어, 사람들에게 새로운 삶의 기회를 제공하는 실질적인 지원으로 이어진다.

구세군 자선냄비 운동의 성공은 지속적인 사회적 공감을 통해 가능했다. 나눔과 사랑이라는 메시지는 세계 각국에서 다양한 문화와 전통 속에서도 널리 수용되었다. 연말이라는 계절적 특성과 맞물려, 사람들은 자선냄비를 통해 이웃을 돕는 기쁨을 경험하며 연대감을 느낀다. 이러한 기부는 단순히 경제적 지원 차원을 넘어, 사회적 책임을 실천하는 하나의 상징이 되고 있다.

자선냄비는 단순히 연말의 풍경이 아니라, 나눔과 사랑의 상징이다. 거리에서 울리는 종소리는 우리가 함께 살아가는 사회 속에서, 서로를 돕고 배려해야 한다는 메시지를 전한다. 구세군의 유래와 그 정신은 우리에게 나눔의 가치를 다시금 일깨우며, 작은 기부가 세상을 변화시키는 큰 힘이 될 수 있음을 보여준다. 연말의 자선냄비는 단순한 기부가 아니라, 이웃에 대한 사랑과 희망을 실천하는 길이다.

십시일반(十匙一飯)

　　"십시일반(十匙一飯)"은 열 사람이 한 술씩 보태면 한 사람을 도울 수 있다는 뜻이다. 협력과 사랑을 통해 어려움을 극복하는 연대를 잘 보여주는 사자성어이다. 이 말은 단순히 많은 사람이 힘을 합치면 큰 도움이 된다는 것을 넘어, 우리가 공동체 안에서 어떻게 살아야 하는지를 시사한다. 특히 현대사회에서 십시일반의 정신은 더욱 중요하다. 점점 개인주의가 강해지는 시대에 작은 도움과 협력이, 얼마나 큰 변화를 만들어낼 수 있는지 돌아볼 필요가 있다.

　　십시일반의 진정한 의미는 "규모가 크지 않아도, 작더라도 모이면 충분하다"는 데 있다. 이는 개인의 능력이나 자원이 제한적이라 하더라도, 그것이 모이면 커다란 영향을 미칠 수 있음을 강조한다. 예를 들어, 자연재해가 발생했을 때 많은 사람이 적은 금액의 기부를 하더라도, 결국 엄청난 규모의 지원금이 모일 수 있다. 이처럼 십시일반은 소소한 행동이 모여 누군가의 삶을 변화시키는 과정을 보여준다. 적은 노력이 모여 만들어내는 결과는 단순히 숫자의 합 그 이상으로, 사람들 간의 연대와 따뜻함을 느낄 수 있게 한다.

십시일반은 사랑과 연대의 본질을 잘 드러낸다. 열 사람이 한 술씩 보탠다는 것은 각자가 가진 것을 조금씩 나누는 행동을 의미한다. 이는 단순히 물질적 지원만을 의미하지 않는다. 마음을 나누고, 시간을 함께하며, 위로의 말을 건네는 것 또한 십시일반의 실천이다. 우리가 누군가를 돕기 위해 가진 것의 일부를 나눌 때, 단순히 상대방에게 도움을 주는 것에 그치지 않고 자신도 보람과 행복을 느낄 수 있다. 나눔은 결국 주는 사람과 받는 사람 모두를 풍요롭게 한다.

십시일반은 우리가 사회라는 큰 공동체 안에서 살아가는 방식을 가르쳐준다. 혼자서는 해결할 수 없는 일이더라도, 모두가 작은 도움을 보탠다면 극복할 수 있다. 이러한 연대의 정신은 단순히 어려운 상황에서만 발휘되는 것이 아니다. 평범한 일상에서도 우리는 십시일반의 정신을 실천할 수 있다. 주변 사람들에게 작은 친절을 베풀고, 나눌 수 있는 것을 나눌 때, 우리는 모두 서로의 삶을 더 따뜻하게 만들 수 있다.

십시일반은 단순한 속담이 아니라, 우리의 삶과 사회를 더 나은 방향으로 이끄는 지침이다. 작은 도움들이 모여 큰 변화를 만들어내듯, 우리도 사랑과 연대를 통해 더 나은 세상을 함께 만들어갈 수 있다.

핫스팟

핫스팟(Hotspot)은 현대 기술의 산물로, 자신의 데이터를 공유해 다른 사람이 인터넷을 사용할 수 있도록 돕는 기능이다. 이는 단순한 기술적 편의를 넘어, 연대와 협력의 상징적 의미를 담고 있다. 핫스팟은 나의 자원을 다른 사람과 나누어 서로 연결되도록 돕는 역할을 한다. 이 개념은 우리가 사회 속에서 어떻게 협력하며 살아가야 하는지를 잘 보여준다.

핫스팟은 자원의 공유를 통해 문제를 해결한다. 다른 사람이 데이터가 필요한 상황에서, 핫스팟을 통해 나의 데이터를 나누면 그들은 연결의 문제를 해결할 수 있다. 이는 사회적 관계에서도 적용된다. 우리는 모두 서로에게 핫스팟이 될 수 있다. 타인이 어려움에 부닥쳤을 때, 내가 가진 자원을 조금만 나누어도 상대방에게는 큰 도움이 될 수 있다. 예를 들어, 친구가 심적으로 힘들어할 때 시간을 내어 이야기를 들어주는 것, 직장에서 동료의 과중한 업무를 나누는 것 등이 바로 삶 속의 핫스팟 역할이다.

핫스팟은 또한 상호의존의 중요성을 일깨운다. 핫스팟은 나의 데이터를 일정 부분 소모하지만, 이 과정에서 우리는 서로를 돕고 관계를 강화한다. 개인의 이익만을 추구하는 세상에서는 이러한 상호 의존이 희박할 수 있지만, 연대의 정신을 실천할 때 우리는 더 나은 공동체를 만들어 갈 수 있다. 협력은 단순히 도움을 주는 것을 넘어, 상호 신뢰와 이해를 기반으로 한 관계의 형성을 가능하게 한다.

핫스팟의 가장 큰 가치는 연결이다. 기술적으로는 인터넷 연결을 가능하게 하지만, 사회적으로는 사람들 간의 유대와 관계를 연결하는 상징이 된다. 연대와 협력은 단순히 한 사람의 문제를 해결하는 데 그치지 않고, 서로를 연결하여 더 큰 공동체를 만들어간다. 핫스팟을 통해 우리는 나눔이 주는 기쁨을 배우고, 연대가 만들어내는 힘을 경험할 수 있다.

핫스팟은 단순한 기술이 아니라 삶의 태도에 대한 메시지를 담고 있다. 나의 자원을 나누고, 다른 사람과 협력하며, 연대를 실천하는 삶은 우리가 더 풍요롭고 연결된 세상을 만들어가는 방법이다. 핫스팟처럼, 우리는 서로의 연결점이 되어야 한다. 작은 나눔이 큰 변화를 만들고, 연대를 통해 더 나은 미래로 나아갈 수 있다.

백지장도 맞들면 낫다

 "백지장도 맞들면 낫다"는 속담은, 작은 일이라도 서로 협력하면 더 쉽게 해결할 수 있다는 의미를 지닌다. 이는 단순히 일의 효율성을 강조하는 데 그치지 않고, 함께하는 힘과 연대의 중요성을 일깨워준다. 개인주의가 강해지는 현대사회에서 이 속담은, 우리가 공동체 속에서 어떻게 협력하며 살아가야 할지에 대한 중요한 가르침을 제공한다.

 이 속담은 협력의 본질을 보여준다. 백지장처럼 가벼운 것도 혼자 들기보다는 두 사람이 함께 들 때 더 쉽다. 이는 단순한 물리적 개념을 넘어 인간관계와 사회적 상황에서도 적용된다. 예를 들어, 직장에서 하나의 프로젝트를 진행할 때, 각자의 역할을 나누어 협력하면 효율성과 성과가 높아진다. 혼자 모든 것을 감당하려 하면 과도한 부담과 스트레스에 시달릴 수 있지만, 동료와 함께 힘을 합치면 더 나은 결과를 얻을 수 있다. 협력은 단순히 힘을 나누는 것이 아니라, 각자의 강점을 살려 더 나은 결과를 만들어내는 과정이다.

 이 속담은 또한 사랑과 연대의 중요성을 강조한다. 협력은 단순히 물리적 도움을 주고받는 것을 넘어, 마음과 마음이 연결되는 과정이다. 누군가가 도움이 필요할 때 작은 손길이라도 건네는 것은, 그 사람에게 단순한 도움 이상으로 큰 위로와 지지를 준다. 사랑과 연대는 혼자서는 해결할 수 없는 어려움을 함께 극복할 수 있도록 돕는다. 예를 들어, 재난 상황에서 지역 사회가 서로 협력하고 연대하면 피해 복구를 빨리 할 수 있다. 이러한 연대는 인간관계는 물론, 공동체의 안정과 발전에도 기여한다.

"백지장도 맞들면 낫다"는 우리가 함께하는 삶을 선택할 때, 얼마나 강력한 변화를 만들어낼 수 있는지를 보여주는 속담이다. 우리는 개인의 힘이 제한적임을 인정하고, 서로의 손을 맞잡아야 한다. 협력과 연대는 단순히 일의 부담을 나누는 것이 아니라, 더 큰 목표를 함께 이루는 과정이다. 작은 행동이 모여 큰 변화를 이루듯, 우리가 모두 이 속담의 가르침을 실천할 때 더 나은 사회를 만들어갈 수 있다.

삶은 홀로 걷는 여정이 아니다. 우리는 함께할 때 더 강하고, 더 행복하다. "백지장도 맞들면 낫다"는 우리가 사랑과 연대를 통해 함께 성장할 수 있음을 상기시킨다.

응원봉

2024년 12월 계엄 선포와 해제라는 격변의 시기를 지나며, 한국 사회는 새로운 형태의 집회 문화를 맞이했다. 과거 촛불을 들고 광장을 밝히며 시민의 목소리를 전하던 사람들이, 이제는 응원봉을 흔들며 집회를 즐기기 시작했다. 이 변화는 단순한 도구의 전환을 넘어, 집회의 방식과 의미, 그리고 한국 사회의 진보를 상징적으로 보여준다. 응원봉은 새로운 세대가 집회를 바라보는 시각과, 사회적 메시지를 전하는 방식의 변화를 반영한다.

촛불은 과거 시민 운동의 상징이었다. 촛불 집회는 차분하고 진지한 분위기 속에서 정의와 민주주의를 위한 시민의 목소리를 전달했다. 촛불의 빛은 어두운 시대를 밝히며, 시민들의 연대를 드러내는 상징적인 역할을 했다. 반면, 응원봉은 더 역동적이고 밝은 에너지를 전달한다. 응원봉의 빛은 단순히 어둠을 밝히는 데 그치지 않고, 새로운 방식으로 사람들의 감정과 에너지를 모으고, 이를 표현하는 수단으로 사용된다. 이 전환은 한국 사회가 정체된 방식에서 벗어나 변화와 창조를 받아들이고 있음을 보여준다.

응원봉을 사용하는 집회 문화는 특히 젊은 여성들이 주도하며 만들어진 새로운 트렌드로, 집회의 즐거움과 참여의 가치를 강조한다. 과거의 촛불 집회가 진지하고 무거운 분위기였다면, 응원봉은 더욱 가벼운 마음으로, 그러나 동일한 열정과 에너지로 사회적 메시지를 전달한다. 이는 사회적 참여의 문턱을 낮추며, 더 많은 사람들이 자신의 목소리를 낼 수 있도록 돕는다. 응원봉은 젊은 세대가 기존의 집회 방식을 자신들의 문화와 결합해, 그들만의 방식으로 민주주의를 실천하는 창의적인 도구가 되었다.

응원봉의 등장은 단순히 집회의 형식을 바꾼 것이 아니라, 한국 사회가 변화와 진보를 받아들이는 방식을 재정립한 사례다. 응원봉은 단결과 에너지를 시각적으로 표현하며, 집회의 메시지를 보다 생동감 있고 긍정적으로 전달한다. 이는 한국 사회가 과거의 방식을 고수하기보다, 새로운 세대의 감성과 접근 방식을 수용하며, 변화를 통해 더욱 진보하려는 의지를 상징적으로 보여준다. 응원봉은 과거의 촛불처럼 시민의 힘과 연대를 상징하는 동시에, 미래를 향한 창의적이고 희망적인 발걸음을 나타낸다.

선결제

2024년 겨울, 대한민국의 집회 현장에는 특별한 변화가 일어났다. 집회 참가자들을 위해 식당이나 카페에서 '선결제'하는 새로운 연대의 문화가 등장한 것이다. 이는 집회에 참여하지 못하는 사람들이 일정 금액을 미리 결제하여, 참가자들이 무료로 음료나 음식을 제공받을 수 있도록 돕는 방식이다. 단순한 기부를 넘어, 선결제는 집회 현장에서 연대와 사랑을 실질적으로 실현하는 새로운 사회적 흐름으로 자리 잡고 있다.

한국의 집회 문화는 오랜 시간 사회적 변화를 이끄는 중요한 원동력이었다. 대규모 촛불 집회부터 지역 사회의 작은 모임까지, 집회는 시민들이 목소리를 모으고 공동의 목표를 실현하는 장이었다. 그러나 집회 참여는 물리적·경제적 제약으로 인해 모두에게 동등한 기회로 주어지지 않았다. 선결제 문화는 이러한 한계를 넘어서는 창의적 해결책으로 떠올랐다. 이는 집회에 참여하지 못하는 사람들이 자신의 방식으로 동참할 기회를 제공하며, 집회를 단순한 참여를 넘어선 공동체적 경험으로 변화시켰다.

선결제는 사랑과 연대의 본질을 담고 있다. 이는 누군가를 직접적으로 돕는 행위를 넘어, 보이지 않는 이들을 위한 배려로 작용한다. 집회 참가자들은 선결제를 통해 단순히 음료나 식사를 제공받는 것이 아니라, 사회적 지지를 체감하고 더 큰 동기부여를 얻는다. 이 과정에서 집회는 단순히 의사를 표현하는 공간을 넘어, 서로의 존재를 확인하고 공감하는 장으로 확장된다. 선결제는 현대 사회의 개인주의를 넘어, 서로를 돌보는 공동체적 가치를 새롭게 재발견하게 만든다.

선결제 문화는 한국 사회에서 연대의 새로운 모델을 제시했다. 이는 단순히 집회 현장에서의 문화적 현상에 그치지 않고, 일상 속 다양한 영역으로 확장될 가능성을 품고 있다. 학교, 직장, 지역사회에서도 선결제 방식은 배려와 나눔의 가치를 전파하며 새로운 사회적 연결을 형성할 수 있다. 이는 우리의 삶을 더 풍요롭게 만들고, 공동체의 결속력을 강화하는 데 기여할 것이다.

선결제는 단순한 경제적 지원을 넘어, 연대와 사랑의 상징으로 자리 잡고 있다. 이는 우리가 서로를 이해하고 돕는 방식의 변화이자, 더 나은 사회를 향한 작은 발걸음이다. 집회 현장에서 시작된 선결제 문화는, 사랑과 연대가 우리의 삶 속에서 어떻게 실현될 수 있는지를 보여주는 중요한 사례다.

함께 가는 길

　"We Go Together"는 한미동맹을 상징하는 구호로, 주한미군과의 협력과 연대를 강조할 때 자주 사용된다. 이 표현은 1951년 2월, 한국 전쟁 중 수원 비행장에서 더글러스 맥아더 장군과 백선엽 장군의 만남에서 유래되었다. 당시 백선엽 장군이 맥아더 장군에게 "We Go Together"라고 말한 것이 그 시작이다. 이후 "We Go Together"는 한미 양국의 주요 인사들이 공식 행사와 비공식 자리에서 한미동맹을 강조하기 위해 즐겨 사용하는 표현이 되었다. 예를 들어, 2017년 문재인 대통령은 한미연합사령부를 방문하여 방명록에 '평화로운 한반도, 굳건한 한미 동맹! 같이 갑시다! We Go Together!'라고 적었다

　"We Go Together"는 단순한 문장을 넘어, 문화적 정체성과 공동체 의식을 강화하는 상징으로 작용한다. 이는 개인의 경계를 넘어 서로를 포용하며, 집단적인 목표를 향해 나아가는 연대의 본질을 담고 있다. 영화나 음악, 또는 다양한 미디어에서 이 표현은 공동의 목적을 공유하는 순간을 강조하며, 사람들에게 감정적 연결과 소속감을 심어준다. 이처럼

"We Go Together"는 현대사회에서 개인주의를 넘어서는 연대의 가치를 재조명하는 중요한 역할을 한다. 현대사회에서 개인주의가 팽배해지는 가운데, 이 표현은 공동체의 중요성을 상기시키고, 우리가 서로를 의지하며 살아가는 존재임을 깨닫게 한다. 특히 사회적 운동과 공동체 활동에서 이 메시지는 사람들을 결속시키는 강력한 구호로 자리 잡았다.

연대는 개별적인 목소리가 하나로 모여 더 큰 변화를 만들어내는 힘이다. 역사적으로, 많은 사회적 변화는 연대의 정신에서 비롯되었다. 민권 운동, 여성 참정권 운동, 그리고 환경 보호 운동 등은 모두 개인의 목소리가 집단적인 행동으로 전환될 때 비로소 성공을 거두었다. "We Go Together"는 이러한 연대의 정신을 상징한다. 그것은 "우리는 서로 떨어져 존재할 수 없으며, 함께해야만 진정한 변화를 이룰 수 있다"는 메시지를 전달한다. 이는 단순한 협력의 의미를 넘어, 서로를 이해하고 지지하며 하나의 목표를 위해 나아가는 결속을 의미한다.

단결은 연대의 실행이다. 함께한다는 것은 단순히 같은 공간에 머무르는 것이 아니라, 같은 방향을 바라보며 나아가는 것이다. 예를 들어, 환경 보호 캠페인에서 우리는 모두 각자의 작은 실천을 통해 단결된 목표를 이루어낸다. 한 사람이 플라스틱 사용을 줄이는 것만으로는 큰 변화를 기대하기 어렵지만, 수백만 명이 같은 목표를 위해 행동하면 거대한 움직임이 된다. "We Go Together"는 이러한 단결의 힘을 보여준다. 우리는 함께할 때 더 강해지고, 더 먼 길을 갈 수 있을 것이다.

사랑과 연대를 찾아가는 여정
함께 가는 길

발행일 2025년 1월 5일
지은이 서승종

발행처 인디펍
발행인 민승원
출판등록 2019년 01월 28일 제2019-8호
전자우편 cs@indiepub.kr
대표전화 +82-70-8848-8004
팩스 +82-303-3444-7982

정가 16,000원
© 서승종
ISBN 979-11-6756-656-0 (03810)